Karel Moretti

Sommer 1942 –
Die wahre Geschichte der SMS

Roman

Die in diesem Roman genannten Namen sind frei erfunden. Jede Ähnlichkeit mit lebenden oder toten Personen ist rein zufällig und nicht gewollt.

„Sommer 1942" ist ein Roman, dessen Inhalt nach authentischem Schriftverkehr verfasst wurde. Die kursiv gesetzten Textteile sind originaler Korrespondenz entnommen und wurden lediglich zum Zwecke der historischen und grammatikalischen Richtigkeit dem Kontext des Romans angepasst.

Sommer 1942 – Die wahre Geschichte der SMS
Karel Moretti
2. verbesserte Auflage, November 2014

A-8010 Graz, Jakoministraße 12
Telefon +43 316 820233
www.verlagshaus-jakomini.at

Lektorat: Martin Moll
Fotos: Peter Philipp
Satz: Teye Akunor (Obahi Design)
Druck: hm•perfectprintconsult•eu

ISBN: 978-3-902920-14-0

Meine Kindlein, laßt uns nicht lieben mit Worten noch mit der Zunge, sondern mit der Tat und mit der Wahrheit.

1. Johannesbrief 3,18

Achtes Gebot:
Du sollst nicht lügen!

Der Zauberlehrling

Johann Wolfgang von Goethe

Hat der alte Hexenmeister
Sich doch einmal wegbegeben!
Und nun sollen seine Geister
Auch nach meinem Willen leben.
Seine Wort und Werke
Merkt ich und den Brauch,
Und mit Geistesstärke
Tu ich Wunder auch.
Walle! walle
Manche Strecke,
Dass, zum Zwecke,
Wasser fließe
Und mit reichem, vollem Schwalle
Zu dem Bade sich ergieße.
Und nun komm, du alter Besen,
Nimm die schlechten Lumpenhüllen!
Bist schon lange Knecht gewesen:
Nun erfülle meinen Willen!
Auf zwei Beinen stehe,
Oben sei ein Kopf,
Eile nun und gehe
Mit dem Wassertopf!
Walle! walle
Manche Strecke,
Dass, zum Zwecke,
Wasser fließe
Und mit reichem, vollem Schwalle
Zu dem Bade sich ergieße.
Seht, er läuft zum Ufer nieder!
Wahrlich! ist schon an dem Flusse,
Und mit Blitzesschnelle wieder
Ist er hier mit raschem Gusse.
Schon zum zweiten Male!
Wie das Becken schwillt!
Wie sich jede Schale
Voll mit Wasser füllt!
Stehe! stehe!
Denn wir haben
Deiner Gaben
Vollgemessen! –
Ach, ich merk es! Wehe! wehe!
Hab ich doch das Wort vergessen!
Ach, das Wort, worauf am Ende
Er das wird, was er gewesen!
Ach, er läuft und bringt behende!
Wärst du doch der alte Besen!

Immer neue Güsse
Bringt er schnell herein,
Ach, und hundert Flüsse
Stürzen auf mich ein!
Nein, nicht länger
Kann ichs lassen:
Will ihn fassen!
Das ist Tücke!
Ach, nun wird mir immer bänger!
Welche Miene! welche Blicke!
O, du Ausgeburt der Hölle!
Soll das ganze Haus ersaufen?
Seh ich über jede Schwelle
Doch schon Wasserströme laufen.
Ein verruchter Besen,
Der nicht hören will!
Stock, der du gewesen,
Steh doch wieder still!
Willst am Ende
Gar nicht lassen?
Will dich fassen,
Will dich halten
Und das alte Holz behende
Mit dem scharfen Beile spalten!
Seht, da kommt er schleppend wieder!
Wie ich mich nur auf dich werfe,
Gleich, o Kobold, liegst du nieder;
Krachend trifft die glatte Schärfe.
Wahrlich! brav getroffen!
Seht, er ist entzwei!
Und nun kann ich hoffen,
Und ich atme frei!
Wehe! wehe!
Beide Teile
Stehn in Eile
Schon als Knechte
Völlig fertig in die Höhe!
Helft mir, ach! ihr hohen Mächte!
Und sie laufen! Nass und nässer
Wirds im Saal und auf den Stufen:
Welch entsetzliches Gewässer!
Herr und Meister, hör mich rufen! –
Ach, da kommt der Meister!
Herr, die Not ist groß!
Die ich rief, die Geister,
Werd ich nun nicht los.
„In die Ecke,
Besen! Besen!
Seids gewesen!
Denn als Geister
Ruft euch nur, zu seinem Zwecke,
Erst hervor der alte Meister.“

Sommer 1942 – Die wahre Geschichte der SMS

Es war an einem Mittwoch Nachmittag, draußen herrschten eisige Temperaturen, und es war bereits dunkel geworden wie immer um diese Uhrzeit im Dezember. Ein Blick in den Kalender verriet mir, dass meine Sekretärin noch einen Termin eingetragen hatte. Was würde ich meiner Familie wohl zu Weihnachten schenken? Ich hasste diese Zeit generell, denn der Sinn für das Weihnachtsfest war schon lange verloren gegangen. Hinzu kam, dass seit über zwei Jahren ohnehin alles anders war, denn ohne Bezugsscheine gab es nichts mehr zu kaufen, da hieß es schon im Oktober mit dem Horten anfangen.

Im Jahr zuvor hatte ich es geschickt eingefädelt, war ich doch kurz vor dem großen Familienfest einfach weggefahren und hatte alle Sorgen hinter mir gelassen. Es war nicht leicht gewesen, so einfach eine Bahnkarte zu ergattern, denn Räder mussten für den Sieg rollen, wie man im ganzen Land lesen konnte. Nichts war mehr so wie einst.

In diesem Jahr konnte ich nicht so einfach fort, zu viele wichtige Arbeiten standen noch ins Haus, ein Kaufvertrag für Dr. Schermann, eine Schenkung auf den Todesfall für eine alte Witwe zugunsten ihres Neffen, und das alles ein paar Tage vor Weihnachten.

Außerdem war da noch das Alltagsgeschäft, die Rechtsberatungen, die Verhandlungen bei Gericht und meine

Pflichten als Vormund für die Behinderten aus dem Crupic-Heim.

In meinem nächsten Leben wollte ich sicherlich nicht mehr Rechtsanwalt werden, zu aggressiv und nervenaufreibend kam mir dieser Beruf vor, und das ewige Streiten vor Gericht zehrte auch an meiner Substanz. An sich konnte mich kaum etwas aus der Ruhe bringen, doch hie und da passierte es, dass selbst die eigenen Mandanten in meiner Kanzlei Märchen erzählten, und sich erst vor dem Richter der wahre Sachverhalt herausstellte. Das waren die Momente, die ich besonders liebte, denn wie stand ich dann da?

Mein Blick fiel erneut auf meinen Tischkalender. Um 17 Uhr wollte irgendeine Dame auf Empfehlung meines Onkels kommen. Das gehörte auch zum Alltagsgeschäft, doch waren mir derartige Vermittlungen höchst unangenehm. Ich lauschte den Problemen meiner Mandanten üblicherweise sehr genau, doch in jenen Fällen kam ein persönlicher Aspekt hinzu, und ich konnte mir dann meist irgendwelche Familiengeschichten anhören, die mich in keiner Weise interessierten.

Ich hatte bereits ein Geschenk für meine Mutter und meinen Bruder, doch was würde ich meinem Vater und meinem kleinen Neffen schenken? Die Schwägerin konnte ich glücklicherweise in diesem Jahr vergessen, denn nachdem mein Bruder vorhatte, sich in Kürze von ihr zu trennen, würde ich ihr kaum noch ein Abschiedsgeschenk mit auf den Weg geben.

Es war ohnehin schwer, irgendetwas Passendes zu finden, denn hatte man etwas im Auge, dann war es entweder bereits verkauft oder kontingentiert. Zudem hatten die Deutschen das Vorrecht, und immer öfter wurde die römische Weisheit „Vae Victis[1]“ augenscheinlich. Es war in diesen Tagen nicht angenehm in unserer schönen Stadt, im ganzen Land übrigens, doch in der Hauptstadt machten sich die schlechten Zustände und die Behandlung der Zivilbevölkerung durch die Besatzer besonders bemerkbar.

Ich hatte in meinem Beruf noch ein großes Glück und durfte mich ob meines jugendlichen Alters einer gewissen Anerkennung selbst in den Kreisen der Deutschen erfreuen. Mir waren die Burschen in ihren schwarzen Uniformen nicht wirklich sympathisch, doch zu jener Zeit musste man eben mit den Wölfen heulen, wollte man sich nicht in einem Lager wiederfinden, dessen Eingang mit den Worten „Arbeit macht frei“ geschmückt war.

Es war kurz vor 17 Uhr, meine Sekretärin hatte ich bereits fortgeschickt. In diesen Tagen waren selbst im Postamt Szenen zu erleben, die man üblicherweise nur von Läden der Lebensmitteleinzelhändler kannte. Ich hatte mit meiner Schreibkraft eine Vereinbarung getroffen, sie war noch ein junges Ding und hatte um diese Uhrzeit sicherlich andere Pläne, als für ihren Arbeitgeber jeden Tag private Zeit zu opfern.

Ich vernahm an der Kanzleiaußentüre ein leises Klopfen, doch reagierte ich nicht gleich. Es macht in meinem Beruf kein gutes Bild, sich augenblicklich wie ein hechelnder Hund auf einen potentiellen Mandanten zu stürzen, und

---

[1] lat. „Wehe den Besiegten!“

am Klopfgeräusch erkannte ich, dass es sich nicht um meine „Freunde in den schwarzen Mänteln“ handelte, die mir öfters einmal ihre Aufwartung machten.

Ich wartete noch ein Klopfen ab, dann durchbrach meine sonore Stimme die Stille. „Herein, bitte!“ Ich hörte das Knarren der Außentüre. Wie oft hatte ich in der letzten Zeit die Concierge gebeten, mir die Scharniere zu schmieren. Auf niemanden war mehr Verlass.

Die Türe zu meinem Zimmer mit dem Milchglaseinsatz war lediglich angelehnt, und so kam es, dass kurze Zeit später ein kleiner Wuschelkopf mit spitzer Nase im Gesicht zaghaft hereinblickte. „Was kann ich für Sie tun?“ fragte ich die halbe Statur, und einem zögernden Blick folgend kam die Gegenfrage: „Dr. Moretti?“

Mein Familienname war in den letzten drei Jahren schon öfter ein Stein des Anstoßes gewesen, denn meine tschechischen Bundesgenossen dachten bei Nennung meines Namen stets an einen Spion der Achsenmächte, und so besuchten mich immer wieder seltsame Gestalten, die sich vergewissern wollten, dass ich nicht für die Besatzer aushorchte.

Ich gehörte sicherlich nicht zu den Sympathisanten des neuen Regimes, doch war es einfach lebensnotwendig, sich nicht die Zunge zu verbrennen. Zudem kam ich auf diese Weise immer wieder zu neuer Klientel, Soldaten, die sich mit ihren Familien in der Stadt niedergelassen hatten. Mein großes berufsrechtliches Problem bestand jedoch darin, dass ich keine Prozesse führen durfte, die sich auf das eigentliche Reichsgebiet erstreckten. Zu diesem Behufe galt es eine eigene Prüfung in Linz zu absolvieren, die ich mir persönlich auf März des Folgejahres festgesetzt hatte.

„Sie haben einen Termin, sofern Sie das Fräulein sind, welches auf Empfehlung meines ehrenwerten Oheims kommt!" Nun betrat sie den Raum zur Gänze, und ich erkannte eine junge Dame, die mich mit einer Art von Hilflosigkeit sofort gefangen nahm. Sie streckte mir ihre zarte Hand hin, und mir fiel umgehend die gepflegte Maniküre auf, eine Seltenheit in diesen Tagen.

Nachdem sie vor meinem großen Schreibtisch in einem gemütlichen Ledersessel Platz genommen hatte, fragte ich sie nach ihrem Begehr. „Ich heiße Sara Strommer und habe seit längerer Zeit ein großes rechtliches Problem, das mich Sie aufsuchen lässt." Ich wusste von der jungen Dame rein gar nichts, doch die gewählte Ausdrucksweise wies auf einen gebildeten Menschen hin. „Seit etwa drei Jahren arbeite ich als Sozialpädagogin im Sonderkrankenhaus von Česká Lípa, im letzten Jahr nahm ich zudem eine Stelle als Arbeitspraktikantin in einem deutschen Verwaltungsstab an. Bislang hatte ich keine Probleme mit der Ausübung meiner beiden Berufe, doch vor etwa zwei Monaten fing die Geheime Polizei an, sich für meine Betätigungsfelder zu interessieren, vor allem aus dem Titel der Unvereinbarkeit. Ich benötige dringend einen einwandfreien Leumund, um beide Tätigkeiten nebeneinander ausüben zu können, und da wurden Sie mir als erste Adresse am Platze empfohlen."

Sie hatte ein herbes Gesicht, war nicht unbedingt der Typ Frau, der einen gleich vom Sessel warf, für meine Begriffe einfach viel zu dünn. Zudem war augenscheinlich, dass ihr die entsprechenden weiblichen Attribute gänzlich fehlten, die üblicherweise einen Mann den Gebrauch der Vernunft vergessen ließen. Ich überlegte einen kurzen Moment, ob dies eine Frau war, die mir gefallen konnte, verneinte es jedoch innerlich aufgrund jener Mängel, die mir bereits zuvor aufgefallen waren. Sie legte ein äußerst sympathisches Wesen an den Tag, doch war dies in jenen Momenten nicht essenziell. Ich wollte meiner Aufgabe als Rechtsberater gerecht werden und holte einen Schreibblock und eine Feder hervor.

Sara Strommer schilderte ihre Probleme bis ins kleinste Detail, von ihren vier Arbeitstagen im Krankenhaus bis hin zu ihrer Praktikantentätigkeit vor Ort, die sie jeden Mittwoch auszuüben pflegte. Das Krankenhaus von Česká Lípa war gut gerüstet, konnte ihr sogar eine Dienstwohnung zur Verfügung stellen, für die sie jedoch ein kleines Mietentgelt entrichten musste.

In Prag hatte sie eine Wohnung im Zinshaus ihrer Eltern, die nicht unbeträchtliche Strecke von 76 Kilometern zwischen der Hauptstadt und ihrer auswärtigen Arbeitsstelle konnte sie immerhin mit einem Dienstwagen der Gauverwaltung zurücklegen.

Das große rechtliche Problem lag in der Ausübung von zwei Berufen, die miteinander keine Verknüpfung fanden und so jeder Spionage-Abwehr bei genauerer Betrachtung sauer aufstoßen mussten. Vier Mal die Woche tat sie Dienst in einem privaten tschechischen Krankenhaus, mittwochs war sie für die Besatzer tätig, und das in einer Position, in der man leicht der Versuchung erliegen konnte, das eine

Ansicht vom alten Prag

oder andere Dienstgeheimnis der damals noch schwachen Résistance zukommen zu lassen.

Sara Strommer machte mir nicht den Eindruck einer Spionin, dafür saß sie zu verschreckt vor meinem Schreibtisch. Ich ertappte mich bei meinen Fragen zu ihren Dienststellen und persönlichen Verhältnissen nach der Auskunft um einen „starken Mann“ in ihrem Leben, doch sie verneinte eine Beziehung und setzte ihre hilflose Rolle fort.

„Mein Fräulein, Sie werden noch einmal zu mir kommen müssen!“ sagte ich abschließend. „Ich werde ein Schreiben verfassen, das alle Zweifel an ihrer Loyalität gegenüber dem deutschen Regime ausräumen wird. Wäre Ihnen ein Termin in einer Woche um dieselbe Zeit recht?“ Mein Gegenüber nickte mit dem Kopf, dann verabschiedete sie sich leise und verließ meine Kanzlei.

Endlich – dachte ich, ein Blick auf meine Uhr verriet mir die fortgeschrittene Stunde. Nun musste ich mich beeilen, denn meiner liebsten Beschäftigung konnte ich nicht abtrünnig werden. Ich hatte zu dieser Zeit im Norden von Prag ein wunderschönes Rennpferd stehen, das ich bis zu fünf Mal die Woche ritt.

Als ich etwa eine Stunde später auf meinem Holsteiner-Wallach saß, den ich als großer Freund deutscher Reiseliteratur nach Karl May getauft hatte, lief das letzte Gespräch in meiner Kanzlei noch einmal vor meinem geistigen Auge ab. Aus welchem Grund beschäftigte mich die Problematik einer jungen Sozialpädagogin so sehr, hatte ich doch weit kompliziertere Fälle auf meinem Tisch gestapelt, die mir etwas mehr im Magen lagen.

Ich war abwesend während des Reitens, und mein Pferd bemerkte dies umgehend. Es war für mich unglaublich, welch feines Gespür mein Holsteiner an den Tag legte, wenn sein Herr nicht bei der Sache war. Sara Strommer ging mir nicht aus dem Kopf, selbst dann nicht, als ich bereits entspannt zu Hause in meinem Bett lag und einzuschlafen versuchte.

Ich hatte am nächsten Tag enorm viel zu erledigen, ein Richter des Kreisgerichtes hatte bereits dreimal angerufen, und jedes Mal musste meine Schreibkraft ihn vertrösten. Anstatt den großen Prozess vorzubereiten, der meine Karriere einen entscheidenden Sprung nach vorne bringen konnte, dümpelte ich in alten Entscheidungen herum, wo in Spionage-Angelegenheiten recherchiert und entschieden worden war. Meine neueste Mandantin konnte mit dieser Dienstaufteilung nur Aufsehen erregen, ich wollte ihr jedoch nicht lediglich die Kündigung eines Arbeitsplatzes raten. Mir lag aus irgendeinem unerfindlichen Grund sehr viel daran, den nicht gerade hellen Köpfen in der deutschen Kommandantur ein Schreiben zu präsentieren, das die Praktikantin Sara Strommer wie eine unbefleckte Heilige aussehen ließ.

Am späten Nachmittag war ich noch immer nicht zu einer befriedigenden Lösung gekommen, zu diffizil gestaltete sich der Zustand, in den die junge Dame sich begeben hatte. Meine Sekretärin ließ im Vorzimmer bereits ein paar wohlgefällige Hauptworte fallen, als sich wieder einmal ein lästiger Mandant über meine Unerreichbarkeit telefonisch beschwerte.

„Herr Doktor, ein Gespräch von auswärts für Sie!“ hörte ich wenige Minuten später meine Angestellte hereinrufen. In Gedanken versunken wollte ich abweisend sein, doch befahl mir eine innere Stimme, das Telefonat entgegenzunehmen.

„Dr. Moretti?“ Ich war wie vom Blitz getroffen. „Sie sprechen mit ihm!“ Ich versuchte überlegen zu wirken, doch bemerkte ich ein leises Zittern meiner Hände. „Ja, so eine Überraschung!“ überspielte ich meinen geheimen Wunsch der letzten Stunden, die Stimme von Sara Strommer zu hören. Sie piepste in die Muschel, dass sie dies und jenes Papier zu Hause gefunden hatte und sich bereits auf den Termin in sechs Tagen freute, selbstredend lediglich aus dem Motiv der Begradigung ihrer verworrenen Dienstverhältnisse. „Bringen Sie bitte alles mit, was von Relevanz sein kann!“ bekniete ich Sie förmlich am Telefon und wusste, die nächsten Tage würden eine geistige Tortur für mich werden.

Mittwoch Nachmittag! Ich hatte glücklicherweise alle Geschenke für das besinnliche Fest beisammen, doch Nerven hatte mich der Erwerb der einzelnen Stücke in ausreichender Menge gekostet. Wo immer ich auch den Versuch gestartet hatte, mit meinem tschechisch-deutschen Charme entgegen der Bezugsscheinregelung Geschenke zu erwerben, war ich einfach abgeblitzt. Nun saß ich in meiner Kanzlei und zeichnete lustlos auf meinen Akten herum. Irgendetwas war mit mir geschehen, es war eine Veränderung, die durch meine neue Mandantin hervorgerufen wurde. Sie war überhaupt nicht mein Typ Frau, doch in gewisser Weise gefiel sie mir. Ich musste daran denken, wo ich als erstes hingesehen hatte, und lächelte verschmitzt, da stand sie pünktlich vor meinem Schreibtisch. Es war mir gar nicht aufgefallen, dass jemand meine Kanzlei betreten hatte, und meine Sekretärin war wohl schon gegangen. Sie reichte mir die Hand und setzte sich unaufgefordert, während ich aus einer seltsamen Ohnmacht erwachte.

„Was bringen Sie mir mit?“ fragte ich und reckte den Kopf nach ihren Unterlagen, die aus einer Ledermappe leuchteten. Sie legte alle möglichen Papiere auf den Tisch, und ich sondierte, was ich für mein Schreiben benötigte. Zwei Stapel zierten schon bald mein Stellregal rechts von mir, aber die wichtigsten Dokumente, Geburtsurkunde und Ahnennachweis, fehlten.

Ich begann vor ihren Augen auf meinem Briefpapier zu schreiben, und sie schaute mir stumm zu. „Mein Fräulein“, sagte ich ohne vom Papier aufzublicken, „die beiden Dokumente benötige ich unbedingt. Wollen Sie mir diese mit der Post senden?“

Sara Strommer seufzte kurz, dann antwortete sie: „Es ist mir nicht zuviel, Sie noch einmal aufzusuchen. Ich habe in Česká Lípa im Krankenhaus und in meiner Wohnung ein Telefon, auch hier in Prag bin ich beinahe ständig erreichbar.“ Welch ein Luxus, schoss es mir durch den Kopf, ein Telefon in privaten Gefilden war eine echte Rarität in diesen Tagen.

Sie überreichte mir ein kleines Kärtchen, auf dem fein säuberlich die Rufnummern aufgelistet waren. „Ich werde Sie nach Weihnachten jedenfalls anrufen, voraussichtlich kann ich erst im neuen Jahr einen Termin mit Ihnen vereinbaren“, sagte ich, „in der Zeit bis 30. Dezember werde ich ein wenig in die Berge fahren." Sie nickte zustimmend und machte sich bereit fortzugehen, da überkam es mich plötzlich. „Falls Sie heute nichts mehr vorhaben, würde ich Sie noch gerne auf einen Kaffee einladen!" Es war etwa halb sechs Uhr, und ich hatte auch keine besonderen Pläne für den Abend, außer meinem beinahe täglichen Ritt.

Ich entdeckte ein kurzes Leuchten in ihren Augen, dann antwortete sie mit etwas unruhiger Stimme: „Mittwochs treffe ich immer meine Freundin Mariza, doch erst um acht. Ich würde mich freuen, Sie außerhalb Ihrer Kanzlei kennen zu lernen." Etwas Seltsames ging in mir vor, ich hatte beinahe täglich Treffen mit weiblichen Personen, doch Sara Strommer wirkte ganz besonders auf mich. Ich überlegte krampfhaft, was mich derart faszinierte, aber ich kam auf keine Lösung. Äußerlich entsprach sie keinesfalls meinen Vorstellungen, diese hagere Gestalt ohne entsprechende Rundungen, diese gebückte Haltung mit den hängenden Schultern, und auch ihre Gesichtszüge waren nicht wirklich derart ausgefallen schön, dass man sich auf der Straße nach ihr umblicken würde. Für meine Begriffe war die Nase etwas zu groß geraten, und auch der Mund hatte derbe Züge, wenn er nicht gerade lächelte. Mit ihrer Haarpracht kaschierte sie einiges, sie ließ das Gesicht nicht zu hart erscheinen. Dennoch – irgendetwas an ihrem Wesen verzauberte mich.

Ich kannte ein nettes Café in der Mala Strana, man nannte es „Promenade", und dorthin führte ich sie aus. Mit meinem aufpolierten Mercedes Benz, den ich einem Verwandten erst kürzlich abgekauft hatte, fuhren wir die

Karmelitska hinunter und hielten schon bald rechter Hand. Ich liebte meine Neuerwerbung sehr, doch musste man bedauerlicherweise in jenen Tagen immer damit rechnen, dass das Fahrzeug konfisziert werden konnte. Gerade mein Wagen eignete sich prächtig als Kommandofahrzeug an der Ostfront, doch vertraute ich meinem Ansehen und meinen Verbindungen, dass mein Besitz ungeschoren davonkommen würde.

Wir saßen uns gegenüber, und ich blickte in Sara Strommers Katzenaugen. Sie bargen etwas Gefährliches in sich, doch diese Gefahr erkannte ich damals noch nicht. Sie erzählte mir von ihrer Arbeit, von ihren Freizeitaktivitäten, ich erfuhr von ihrer Familie und ihren Freunden. Sie war wirklich sehr sympathisch, und als auch ich zu berichten begann, entdeckten wir gewisse Gemeinsamkeiten in unserer Einstellung und eine mystische Verwandtschaft unserer Seelen. Dieses Gefühl, das mich an jenem Abend packte, war völlig neu für mich, denn bereits beim zweiten Zusammentreffen war mir dieser Mensch derart vertraut geworden, dass ich nicht wusste, wo mir der Kopf stand.

„Ich werde den Jahreswechsel bei meinen Freunden Gero und Clara in Katusice verbringen," sagte sie nebenbei, und mir brannte die Frage auf der Zunge, wer denn noch dabei sein würde. Ich konnte mir nicht vorstellen, dass dieses liebe Ding den Jahreswechsel einfach nur mit einem befreundeten Paar feierte.

„Haben Sie für das nächste Jahr schon Urlaubspläne?" fragte ich, in diesem Fall etwas ironisch. Von einem richtigen Urlaub konnte man in diesen Tagen nur träumen.

Es war weniger eine Angelegenheit des Geldes als vielmehr eine infrastrukturelle Sache, denn selbst bei gutem Einkommen und entsprechendem gesellschaftlichen Ansehen war es als Protektoratsbewohner nicht wirklich leicht, sich an einen der Wunschplätze früherer Tage zu begeben.

„Im Februar des nächsten Jahres ist eine kleine Abwechslung vorgesehen. Einem langjährigen Freund wurde vor zwei Jahren eine interessante Stelle als Chemiker in einem Werk bei Gelsenkirchen angeboten. Nun wird er sich dort verehelichen, und ich werde die Einladung zur Hochzeit annehmen." „Haben Sie sich bereits darüber schlau gemacht, wie Sie am besten dorthin gelangen?" fragte ich als reiseerfahrener Mann. „Es ist alles organisiert", antwortete Sara Strommer, „ich habe lediglich nach Breslau zu kommen, von dort geht es mit der Bahn weiter. Nun sprechen wir von Ihnen. Haben Sie vor, im nächsten Jahr zu verreisen?"

Ich hatte eine Vorliebe für das schöne Ostpreußen, viele Male war ich bereits dorthin gefahren, und jeder Aufenthalt hatte mich in meinen Vorstellungen bestärkt. In Ostpreußen gab es immer etwas Neues zu entdecken, und ich liebte die Dünenlandschaft bei Königsberg und am Kurischen Haff. Von all dem berichtete ich ihr.

„Ich war als junges Mädchen mit meiner Mutter einmal dort", unterbrach mein Gegenüber meine Schwärmereien. „Vierzehn Tage in einem Garten, das war ziemlich langweilig. Meine Freunde hatten ein lustiges Leben hier, und ich war von der Außenwelt komplett abgeschnitten." „Sie sollten es eines Tages noch einmal versuchen, ich kann einem jeden Ostpreußen ans Herz legen, man erholt sich prächtig und kommt mit einer Fülle neuer Ideen nach Hause."

Sara Strommer war nicht wirklich zu überzeugen, und ich wollte nicht länger ihre Nerven mit meiner Liebe zum schönen Landstrich zwischen Westerplatte und der Stadt Memel strapazieren. Wir verabschiedeten uns voneinander und vereinbarten vage einen Termin im neuen Jahr.

Das Jahr 1942 war angebrochen, und irgendwie spürte ich, dass es nichts Gutes bringen würde. Hitler hatte seinen Oberbefehlshaber des Heeres entlassen und sich selbst an dessen Stelle gesetzt, und Anfang Januar brachte die Rote Armee den siegesverwöhnten Deutschen bereits einige empfindliche Rückschläge bei. Selbstverständlich zeigte die Wochenschau andere Bilder, doch wusste ich aus verlässlicher Quelle von der sowjetischen Rückeroberung der Halbinsel Kertsch und dem Rückzug der 4. Panzerarmee von Generaloberst Hoepner. Auch General Graf Sponecks Eigenmächtigkeiten auf der Krim hatten sich bis zu mir durchgesprochen, und meine tschechische Seele labte sich an derartig erfreulichen Meldungen.

In Afrika plagte sich Rommels deutsches Afrikakorps mit den Engländern ab, doch was mir ernste Sorgen bereitete, war die seit Dezember offensichtlich gewordene Globalisierung des europäischen Brandes, hatten doch die Bundesgenossen der Deutschen im Pazifik Pearl Harbor angegriffen und US-Präsident Roosevelt veranlasst, in diesen Konflikt mit einzusteigen. Was der Kriegseintritt Amerikas bedeutete, hatten uns die Yankees bereits im Jahre 1917 vorexerziert, und ich befürchtete eine ernste Schädigung meiner Heimatstadt für den Fall der Austragung auf tschechischem Boden. So trugen mir meine Informanten geheime Botschaften und Meldungen zu, hie und da erhielt ich auch einen Tipp, was sich im tschechischen Widerstand tat, und dieses Wissen war mir äußerst angenehm. Ich konnte es mir in meiner Position zwar nicht erlauben, offen gegen die Deutschen aufzuwiegeln, doch würde die Stunde meines Einsatzes für das Heimatland noch kommen.

Am 5. Januar rief ich Sara Strommer im Krankenhaus in Česká Lípa an. Ich konnte an der Erregung in ihrer Stimme erkennen, dass sie sich über meinen Anruf freute, und wir legten ein neuerliches Treffen für den darauffolgenden Mittwoch fest.

Meine Mandantin war pünktlich da, sie überreichte mir ihre Geburtsurkunde und entschuldigte sich vielmals für den fehlenden Ahnennachweis, der sich noch auf irgendeinem Amt befand. Mich packte der Gedanke, dass sie absichtlich ohne das zweite Dokument gekommen war, und ich lag mit meiner Annahme nicht daneben, wie sich schon kurze Zeit später herausstellte.

Ich führte mein bereits begonnenes Schreiben an die Gestapo weiter aus und ermahnte meine Klientin eindringlich, sich nicht mit der Besatzungsmacht in irgendeiner Weise anzulegen, da die Polizei bereits zweimal einen Leumundsnachweis urgiert hatte. Sie nickte kaum merklich, irgendwie berührte sie das nicht sonderlich.

Der Termin war recht bald vorbei, ich konnte an diesem Tag nichts mehr tun, und da war sie es, die mich nach meinen Abendplänen fragte. Ich hatte mich einer inneren Stimme folgend darauf eingestellt, dass ich den frühen Abend mit ihr verbringen würde, denn es war augenscheinlich geworden, dass auch sie eine gewisse Sympathie für mich hegte.

Wir fuhren wieder in das Café „Promenade", das ich regelmäßig besuchte. Das Café hatte einen netten Sitzgarten, doch aufgrund der Jahreszeit war es unmöglich, diesen zu benutzen. Wir saßen im warmen Innenraum und redeten über dies und jenes. Mit jedem Wort wurde die Unterhaltung vertrauter, und es dauerte nicht lange, bis Sara Strommer sagte: „Ich weiß, ich sollte nicht so forsch sein, doch würde ich Ihnen gerne meine Freundschaft anbieten." Sie streckte mir ihre Hand hin und sagte: „Sara, wenn es recht ist!"

An sich war ich nicht der Typ großer Verbrüderungsaktionen, vor allem nicht nach derart kurzer Zeit, doch in diesem Fall war es etwas anderes. Ich hatte ja bereits nach einer Gelegenheit gesucht, dieser Dame ein wenig näher zu kommen, und dass sie den ersten Schritt machte, war mir mehr als recht. „Ich heiße Karel!" antwortete ich kurz und drückte ihre Hand. Es lag in diesem Moment soviel Herzlichkeit in ihrem Gesichtsausdruck, dass ich sie am liebsten auch noch geküsst hätte, doch das hätte die Situation wohl ein wenig erstarren lassen.

Wir sprachen angeregt, auch über meine nähere Zukunft, dass ich vorhatte, am Stadtrand von Prag ein prächtiges

Grundstück zu erwerben, und ich berichtete von meinen Plänen bezüglich der noch ausständigen Prüfung, deren Absolvierung mich befähigen würde, tschechische Mandanten auch in Deutschland zu vertreten. Ich würde schon bald beginnen müssen, mich auf diese Prüfung vorzubereiten, und setzte mir Mitte Januar als Beginn der Lernperiode. Sara Strommer sah mich schweigend an und hörte mir zu. Ihre Gegenwart tat mir gut, und ich wusste nicht, wie das weitergehen sollte. „Ich hoffe, wir können uns auch treffen, wenn ich keine Rechtsauskunft mehr benötige", platzte sie hervor. Dies war ganz in meinem Sinne, und ich nickte erleichtert.

Für den 28. Januar hatte ich in meiner Wohnung eine kleine Weinverkostung für Freunde anberaumt, ein seltenes Spektakel, denn es war nicht gerade ein Kinderspiel, entsprechende Tropfen zu organisieren. Über eine geheime Quelle war es mir jedoch möglich geworden, edle Bordeaux-Weine und Rebensäfte aus der Toskana und dem Piemont zu beziehen. Ich freute mich, auch Sara gegenüber eine Einladung auszusprechen, und sie nahm dankend an.

Als der gemeinsame Abend zu Ende ging, und Sara sich aufmachte, um ihre Freundin Mariza zu treffen, umarmte sie mich und ging davon.

Wieder zu Hause musste ich einmal in den Spiegel sehen. War das noch der selbstbewusste Karel vom Dezember? Ich merkte deutlich, wie unsicher ich geworden war, diese junge Dame hatte mich ganz schön verzaubert. Mir waren Frauen großteils gleichgültig gewesen, nicht dass ich sie verabscheut hatte, doch Feuer und Flamme konnte nicht bald eine bei mir entfachen. Sara Strommer hatte es geschafft. Ich fragte mich immer wieder, was denn an dieser Frau so anziehend war, ich konnte mir keinen Reim darauf machen. Jetzt nur nicht die Nerven verlieren, dachte ich, ich wusste von dieser Frau einfach zu wenig, um kopflos zu werden.

Zwei Tage später rief mich Sara Strommer aus Česká Lípa an, sie hatte endlich den Ahnennachweis bei sich und wollte ihn mir noch abends vorbeibringen. Nachdem ich jedoch erfuhr, wie spät es werden würde, bat ich sie um einen anderen Übergabetermin, und wir vereinbarten ein gemeinsames Mittagessen für den nächsten Tag.

Punkt Mittag trafen wir uns am Botanischen Garten. Überall patrouillierte hier SS herum, es war mehr los als üblich. Eine seltsame Stimmung hing in der Luft, und neugierig reckten wir die Köpfe in alle Richtungen. Die Nazi-Schergen durchkämmten die Büsche des Parks, plötzlich huschte ein Mann in einem schwarzen, zerlumpten Anzug aus dem Buschwerk, und ein Stoßtrupp der SS hetzte hinterher. Der Mann schrie laut um Hilfe, dann brachten ihn die Männer des Sicherheitsdienstes zu Fall und hieben mit ihren Pistolenkolben auf den Wehrlosen ein. Er war offensichtlich ein Paraschutist[2], ein Widerständler, einer

[2] Paraschutisten (orig. Parachutists, engl. „Fallschirmjäger") nannte man jene Widerstandskämpfer, die in England auf einen Einsatz trainiert worden waren und mit Fallschirmen über der Tschechoslowakei absprangen.

jener Gruppe, die von den Engländern unterstützt wurde, um Unfrieden im Protektorat zu verbreiten. Mir waren derartige Szenen nicht fremd, doch Sara war sichtlich erschrocken. Sie schien diese Brutalität der Besatzer nicht zu kennen, denn in dem Provinznest, in dem sie arbeitete, kamen Ausschreitungen selten vor.

Meiner Begleitung war der Appetit vergangen, so blieb es lediglich bei einem Kaffee. Sie übergab mir das noch fehlende Dokument, und ich versprach ihr, bis Dienstag alles fertig zu haben.

Ich hörte am Wochenende nichts von ihr, das stimmte mich ein wenig nachdenklich und traurig. Selbst am Montag empfing ich kein Lebenszeichen, und so nahm ich mir ein Herz und rief am Abend in ihrer Wohnung in Česká Lípa an. Sie klang sehr glücklich, als sie meine ersten Worte erwiderte, und ich bat sie, das Leumundsschreiben so bald als möglich in meiner Kanzlei zu unterzeichnen. Wir sprachen noch über dieses und jenes, nach etwa zwanzig Minuten wurden wir von der Telefonvermittlung unterbrochen.

Am nächsten Tag kam Sara um eine halbe Stunde zu spät in meine Kanzlei. Ich spielte den Schwerbeschäftigten, in Wahrheit war ich bereits nervös in meinem Zimmer auf und abgegangen und hatte andauernd auf die Uhr geblickt. Die Erleichterung kam mit dem Pochen an meiner Türe, und Sara – sichtlich gehetzt – schilderte mir den Grund ihrer Verspätung. Auf der Wegstrecke von Česká Lípa in die Hauptstadt war eine Gruppe Widerständler aufgegriffen worden, und die Deutschen hatten kurzen Prozess gemacht. Eine Straßensperre für etwa vierzig Minuten, und die armen Männer, meist noch in sehr jugendlichem Alter, waren gleich vor Ort von einem Strafkommando exekutiert worden.

Ganz abgesehen davon, dass mein Berufsstand durch solche Justizakte immer mehr an Bedeutung verlor, war ich ein absoluter Gegner dieser Behandlung von Menschen. Ohne Anhörung, ohne Richter wurden nach Gutdünken von ein paar Handlangern in schwarzen Uniformen Urteile vollstreckt, die von Eichenlaubträgern ohne juristische Ausbildung gefällt worden waren.

Es war eine schlimme Zeit, doch im ganzen Land sprach man bereits hinter vorgehaltener Hand davon, dass die Engländer eine Invasion vorbereiteten, und noch im Sommer der Krieg beendet sein sollte. Realistisch betrachtet waren das nur Wunschträume, denn die Deutschen weiteten ihren Vormarsch an allen Fronten immer noch aus, selbst in Russland ging es nach kurzem Stocken schon bald wieder Richtung Osten, und die Engländer kämpften selbst ums Überleben, da deutsche U-Boote den Hilfstransporten aus Übersee ständig auflauerten und diese dezimierten.

Sara übergab mir ein Kuvert, ich blickte kurz hinein und bot ihr meinen Sessel an. Sie winkte ab und erklärte mir, dass sie noch einen Termin hatte. Ich ließ sie mein Leumundsschreiben unterzeichnen, beruhigte sie, dass ich es gleich am nächsten Tag an die Gestapo-Stelle schicken würde, dann drückte sie mir einen Kuss auf die Wange, bedankte sich und verließ meine Kanzlei. Einen Termin um diese Zeit? Ich bemerkte ein leichtes Gefühl der Unruhe in mir, war es gar ein wenig Eifersucht? Mit Sicherheit nicht, redete ich mir ein, denn ich hatte ja ständig meine Palette an Frauen abrufbereit und freute mich auch schon auf den „Ball der Juristen“ am kommenden Montag im Palais Clam-Gallas, den ich gemeinsam mit meiner Freundin Guci Groebing besuchen würde. Auf die Idee, dass Sara Strommer Geheimaktivitäten nachging, kam ich nicht.

Der nächste Tag brachte den ersten Einbruch in meinen Wunschgedanken, mehr Zeit mit Sara Strommer verbringen zu wollen. Um etwa neun Uhr morgens stellte mir meine Sekretärin ein Gespräch durch, und es war Sara, die mich dringend um ein Treffen bat. Ich antwortete, dass ich sie abends keinesfalls sehen konnte, denn ich hatte bereits eine Reitstunde mit Freunden vereinbart, und die wollte ich unter keinen Umständen missen. Sara drängte auf ein Treffen zu Mittag. So verschob ich zwei Termine, und traf mich mit dem liebgewonnenen Wesen um elf Uhr vor dem Café „Promenade“.

Als wir bei zwei Tassen Kaffee saßen, und sie anfing mit ihren Händen zu spielen, ertrug ich die Spannung nicht länger. „Was ist vorgefallen, dass du mittags deinen Arbeitsplatz verlässt und mich treffen willst?“ fragte ich. Sie zögerte ein wenig, dann antwortete sie mit leiser Stimme: „Karel, ich habe etwas verdrängt, und nun ist es akut geworden.“ Ich merkte eine innerliche Hitze hochsteigen. „Ich lebe seit fünf Jahren in einer Beziehung mit einem

Mann, und eigentlich ist es so gut wie vorbei. Ich bin schon seit längerer Zeit sehr unglücklich, denn eine gemeinsame Zukunft ist nicht möglich, und ich habe schon seit Oktober daran gedacht, mich von ihm zu trennen.“ Sara blickte mich hilflos an. „Aus welchem Grund erzählst du mir das jetzt?“ entgegnete ich. „Du bist mir keine Rechenschaft schuldig, und wenn es wegen der Weinkost ist, dann gilt die Einladung selbstverständlich auch für deinen Lebensgefährten.“ Ich konnte meine innerliche Enttäuschung gut verbergen, doch musste ich mich zusammenreißen, um nicht die Contenance zu verlieren. In diesen Augenblicken bemerkte ich, wie viel mir Sara Maria Strommer tatsächlich bedeutete, doch war ich noch nicht derart tief in Gefühlen verstrickt, dass ich keinen Ausweg gesehen hätte.

Sara nickte und lächelte dabei. „Man sieht uns nie gemeinsam. Es ist eine seltsame Art von Beziehung, schwer zu erklären.“ „Wenn du darüber sprechen möchtest, höre ich dir gerne zu“, sagte ich. Ihr Blick ging nach unten. „Ich werde am 23. Januar dreißig Jahre alt, mein Partner ist Leiter des Pädagogischen Institutes an der Neurologischen Abteilung des Krankenhauses Prag und um fünfzehn Jahre[3] älter als ich. Als ich ihn kennen lernte, steckte ich in einer Beziehung mit meinem langjährigen Freund Berin, doch da sah ich keine gemeinsame Zukunft mehr, also verließ ich ihn und begann zuerst lediglich eine Affäre mit dem an Lebensjahren soviel älteren Manfred Prock. Ich war noch

[3] In Wahrheit waren es neunzehn Jahre, doch offenbar genierte sie sich für den großen Altersunterschied.

ein junges Ding, unsicher im Verhalten, und die herrische Art des älteren Pädagogen übte eine gewissen Faszination auf mich aus. Von Anfang an war jedoch klar, dass er mich niemals ehelichen wollte, nicht vorhatte, Kinder in die Welt zu setzen, selbst ein gemeinsamer Haushalt kam für ihn nicht in Frage." Mir blieb der Mund offen. Bis dato hatte Sara keine Andeutung in diese Richtung gemacht, und plötzlich offenbarte sie mir intimste Dinge. „Sara, du hast vier Wochen lang mit keinem Wort einen Partner erwähnt. Wenn ich das gewusst hätte, wäre ich nicht derart aufdringlich gewesen und hätte deine private Zeit mit meiner Gegenwart blockiert. Aus welchem Grund hast du es verschwiegen?" Ich erkannte einen leidenden Ausdruck in ihrem Gesicht, und sie nahm meine linke Hand. „Ich hatte ehrliche Bedenken, du würdest dich mit mir nicht mehr treffen wollen. Es war nicht leicht, dies zu verbergen, und meine Freunde Mariza und Gero, die beide von deiner Existenz wissen, haben mich in den letzten Tagen mit Fragen gelöchert, ob ich es dir bereits gesagt hätte. Du wirst doch mein Interesse an deiner Person bemerkt haben, oder etwa nicht?" Selbstredend war mir eine Veränderung in der Beziehung zwischen meiner Mandantin und mir aufgefallen, doch dass es so weit gekommen war, hatte ich mir selbst in meinen liebsten Wunschträumen nicht vorzustellen gewagt.

„Ich verstehe den Zeitpunkt nicht!" bohrte ich weiter. Sara war sichtlich ein wenig verzweifelt, und unter tiefem Seufzen offenbarte sie: „Ich fahre am 19. Januar mit

Manfred eine Woche an den Weißen See in Horni Plana. Wir haben es bereits vor längerer Zeit vereinbart, und ich kann davon nicht zurücktreten, hoffe jedoch, dass es nach meiner Rückkehr mit uns in irgendeiner Weise weitergeht." Mir blieb die Luft weg. Sie verlangte tatsächlich von mir, eine Woche Urlaub mit ihrem Partner zu ertragen, um hinterher zu sehen, wie es weitergehen konnte. Mein Stolz war in dieser Form noch nie auf die Probe gestellt worden, und als sie meinen nachdenklichen Gesichtsausdruck bemerkte, versicherte sie mir, dass das Liebesleben zwischen Manfred und ihr bereits tot war, und die beiden lediglich eine Form der Gewohnheit zusammenhielt.

„Glaube mir, Karel, es fällt mir sehr schwer, mit ihm wegzufahren, denn meine Gedanken werden bei dir sein. Wir werden diese Woche überstehen, daran halte ich fest."

In meiner Tasche befand sich ein kleines Geschenk für Sara, dessen Übergabe ich mir für einen idealen Zeitpunkt vorbehalten hatte. Ich überlegte einen Moment, dann fragte ich: „Wäre es dir möglich, morgen um sieben Uhr bei mir etwas abzuholen?" Nun wollte ich sie auf die Probe stellen, und Sara nickte. Nachdem ich ihr beschrieben hatte, wie sie zu meiner Privatadresse gelangen konnte, trennten sich unsere Wege.

Pünktlich um sieben Uhr morgens klopfte es an meiner Wohnungstüre. Ich wusste, wer davor stand, so öffnete ich ohne Zögern. An sich war diese frühe Stunde Besuchen von höheren Stellen vorbehalten, meist wenn sie den einen oder anderen zu Befragungen oder Verhören abholten, doch an diesem Tag war ich mir sicher, dass Sara Strommer vor meiner Wohnung stand.

Ich öffnete und ließ sie ein. Sie umarmte und küsste mich, und blickte mich demütig an. Ich überreichte ihr ein kleines Päckchen, das sie sofort öffnete. Darin befand sich eine rote Glasrose, die ich einst bei Venini am Markusplatz in Venedig erstanden hatte. Sara war gerührt. „Du bist ein wunderbarer Mann, und ich weiß nicht, wie ich damit in Zukunft umgehen werde. Es gibt sicherlich viele ansehnliche Frauen in deinem Leben, und ich frage mich, welchem Glück ich es verdanke, dass du dich an mich hältst!“ Ich umarmte sie und hielt sie fest. „Es wird schwer werden zu wissen, dass du eine Woche mit einem anderen Mann das Bett teilst, doch möchte ich stark sein und das aushalten.“ Sara küsste mich und wirkte glücklich und unglücklich zugleich. Dann lachte sie. „Meine mütterliche Mitarbeiterin in der deutschen Verwaltungsstelle, Frau Ander, hat mich gestern gefragt, wann ich wieder gedenke, bei der Arbeit nicht lediglich physisch anwesend zu sein. Ich hatte ihr erzählt, dass ich mich zu einem Rechtsanwalt hingezogen fühle, und sie beneidete mich um dieses schöne Gefühl, war es ihr mit beinahe fünfzig Jahren doch nie vergönnt gewesen, bei einem Mann richtig Fuß zu fassen.“ „Ich werde an dich denken!“ sagte ich noch kurz, dann ließ ich sie wieder gehen.

Es war gegen zehn Uhr morgens, als ich in meiner Kanzlei einen Anruf von Sara erhielt, und sie mich bat, sie am nächsten Tag noch einmal zu treffen. Meine Gedanken hatten ohnehin bereits vor vielen Tagen begonnen, um diese Frau zu kreisen, und so konnte sie sich sicher sein, dass ich sie treffen wollte.

Kurze Zeit später brachte ein Bote die Post des Tages, und unter den zahlreichen Umschlägen mit den verschiedensten Siegeln und Stempeln fiel mir ein handgeschriebener Brief auf schlechtem Papier auf. Meine Sekretärin hatte die Kuverts bereits geöffnet, und ich nahm den besagten Brief als erstes in die Hand. Die Schrift war mir nicht gänzlich fremd, und auf drei Seiten war zu lesen:

Lieber Karel!

Entschuldige bitte, dass ich Dir auf schlechtem Papier schreibe – ich habe kein anderes. Nachdem mir aber soviel durch den Kopf geht, habe ich beschlossen, es trotzdem zu tun.

Weißt Du eigentlich, dass wir uns erst fünf Mal gesehen haben, meinen Kurzbesuch morgens ausgenommen, und eigentlich immer ziemlich kurz? Trotzdem ist irgendwie viel passiert. Ich weiß im Moment überhaupt nicht, wie ich damit umgehen soll. Wir kennen uns eigentlich gar nicht, und trotzdem kommt es mir so vor. Ich habe nicht damit gerechnet, dass jetzt so etwas passiert. Meine Beziehung hat ihre Probleme (immer schon gehabt), aber es war eigentlich gerade ganz in Ordnung – und dann bist Du in mein Leben getreten. Jetzt beginne ich wieder alles zu hinterfragen. Gefühlsmäßig bin ich komplett verwirrt, ich habe Manfred schon noch sehr gerne, aber wie ist es dann möglich, dass ich ständig an Dich denken muss und Du so wichtig für mich geworden bist?

In der kurzen Zeit – erschreckend ist das eigentlich, und ich habe momentan Angst, das Falsche zu tun, was auch immer das sein mag. Ich glaube, ich brauche einfach auch Zeit, um wieder meine Füße auf den Boden zu bekommen, wie ich das anstellen werde, weiß ich allerdings noch nicht. Was ich jedoch weiß ist, dass ich Dich besser kennen lernen möchte. Ich hoffe, dass Du meinen Gefühlszustand aushältst – Du kennst mich ja eigentlich auch gar nicht!! Bitte sei mir nicht böse, dass ich so konfus bin. Ich weiß, dass das anstrengend ist und was ich Dir da auch zumute.

Dabei wollte ich nur eine rechtliche Beratung erhalten, und plötzlich steht mein Leben Kopf. Weißt Du, dass schon irgendetwas mit mir passiert ist, als ich zur Tür hineingekommen bin? Sehr ungewöhnlich. Ich habe Dich wirklich sehr gern, ich kann nur überhaupt nicht sagen, was für mich daraus werden soll, was das für mich, meine Lebenssituation, bedeutet, bedeuten kann – aber wahrscheinlich können wir das jetzt beide nicht.

Ich freue mich schon wahnsinnig auf morgen, wenn ich Dich wiedersehe, andererseits fürchte ich mich beinahe davor, Du machst mich ziemlich nervös, weißt Du das? Sicher weißt Du das, ich muss mich ja ziemlich bemühen, einen klaren Satz in Deiner Gegenwart auszusprechen, das hast Du wahrscheinlich bereits bemerkt. Ich denke, ich werde nun aufhören, Dich mit meinen Verwirrungen zu belästigen. Ich schicke Dir eine Umarmung aus dem abendlichen Česká Lípa,

Sara

P.S.: Ich denke an Dich – aber das weißt Du ohnehin!

Nun saß ich da wie vom Blitz getroffen. Diese Worte auf Papier hatte ich wahrlich nicht erwartet, und ich konnte die Stunden bis zum Wiedersehen mit Sara nur mehr schwer ertragen.

Pünktlich um sechs Uhr abends trafen wir uns vor dem Café „Galerie“ an der Apolinarska. Sara war ein wenig aufgeregt, denn es war tatsächlich unser letztes Treffen vor ihrer Abfahrt, aber sie wirkte auch sehr unglücklich. „Glaube mir, Karel, ich würde nicht wegfahren, wenn ich anders könnte. Ich fühle mich so sehr zu dir hingezogen, doch sind fünf Jahre Beziehung mit einem Mann nicht mit einem Male wegzuwischen. Ich schulde es ihm einfach, und eine Woche ist keine Ewigkeit.“ Die Karten lagen auf dem Tisch, wir beide wussten, was wir für den anderen empfanden, und ich wollte einfach mehr wissen über diesen seltsamen Mann in Saras Leben. Wie von selbst plauderte sie aus dem Nähkästchen: „Manfred wohnt seit ewigen Zeiten in einer typischen Junggesellenwohnung in der Fabia Nova 4. Seit langem hege ich den Wunsch nach einer Familie und Glück in der Partnerschaft, doch mit Manfred bleibt mir das in jedem Fall verwehrt. Er will seine Freiheit nicht aufgeben, und ich habe einfach neben ihm hergelebt. So sind fünf Jahre vergangen, immer der gleiche Trott. Vier Tage die Woche arbeite ich in Česká Lípa, Dienstag abends bin ich bei ihm, mittwochs war er meist bei mir, obwohl er das nach Gutdünken vermied. Meine Eltern und er hassen sich, und er hat meinen Vater öfters einmal einen ‚spießigen Spinner‘ genannt.“ Ich lauschte gespannt Saras Worten und warf ein: „Ist das eine normale Partnerschaft?

Erwartest du das vom Leben?“ Sara schüttelte den Kopf. „Natürlich nicht, denn wenn die Beziehung mit Manfred in Ordnung wäre, wie hätte ich mich in dich verlieben können? Er hat überhaupt seltsame Angewohnheiten. Beinahe jeden Samstag verbringen wir gemeinsam bei seiner Schwester und seinem Schwager auf dem Kellenberg[4], wo diese ein schönes Haus besitzen. Im Anschluss schickt er mich nach Hause, denn den Samstag Abend möchte er ungestört vor dem Volksempfänger verbringen.“ Ich sah Sara ungläubig an, denn ihren Schilderungen zufolge benutzte sie dieser Mann lediglich als Objekt zur Befriedigung seiner männlichen Triebe. „Der Donnerstag ist überhaupt der Höhepunkt der Woche“, konnte sich Sara nun nicht mehr halten auszuführen. „Seit ich ihn kenne, verbringt er jeden Donnerstag Abend bei seiner früheren Partnerin, verlässt das Haus gegen sechs Uhr und kehrt etwa vier Stunden später zurück.“ „Hast du einen Gedanken darauf verschwendet, was dort vor sich geht?“, fragte ich vorsichtig. „Ich habe keine Ahnung, und ich kenne diese Frau auch nicht“, antwortete sie kleinlaut. Ich merkte einen innerlichen Zorn und spürte auch großes Mitleid mit dem Seelenleben von Sara. Augenscheinlich lief hier eine Geschichte ab, wie sie abartiger nicht sein konnte. „Mein Holci[5], wie kannst du so etwas ertragen?“, fragte ich und zog sie zu mir her. „Glaube mir, in fünf Jahren gewöhnt man sich an einiges!“, war die lapidare Antwort. „Ich muss

[4] Karlstejn

[5] Tschechisches Kosewort für „kleines Mädchen“

dazu gestehen, dass ich auch nicht immer korrekt gewesen bin. Selbst als ich bereits mit Manfred zusammen war, hatte ich noch beinahe zwei Jahre Kontakt mit Berin, und es war nicht nur ein Mal, dass er in dieser Zeit in meinem Bett schlief. Erst als er nach Wien gezogen ist und seine Ursa kennenlernte, konnte ich auch von ihm lassen. Es ist eine schreckliche Zeit gewesen, einen Mann fürs Herz und einen für die körperliche Liebe zu haben, doch damit soll jetzt ein für allemal Schluss sein."

Wir verabschiedeten uns voneinander, und ich fuhr nachdenklich nach Hause. Die Ausführungen von Sara Strommer stimmten mich vorsichtig, denn ganz astrein schien mir die junge Dame nicht zu sein. Ich hatte ohnehin eine kleine Aversion gegen den Berufsstand der Pädagogen, alles Besserwisser, die in Wahrheit meist selbst dringend eine Therapie benötigten.

Konnte ich mich auf die Worte von Sara Strommer verlassen? Das war die zentrale Frage der nächsten Tage.

Wie besprochen traf ich meine Freundin Guci vor dem Palais. Sie sah toll aus in ihrem Ballkleid, und ich hatte schon seit Jahren ein Auge auf sie geworfen. Sie entsprach optisch viel eher meinem Frauenideal als Sara Strommer, ihr Ballkleid wölbte sich an den richtigen Stellen nach außen, und mit ein wenig Phantasie konnte man sich leicht ausmalen, was es unter dem feinen Tuch zu entdecken gab.

Der Ballsaal war voll mit juristischer Prominenz aus dem gesamten Protektorat, das anmutige Bild war lediglich gestört durch die pöbelhaften Uniformträger, die sich unter die geistige Elite des Landes mischten. Ich glaubte auch Freiherrn von Neurath, den 1939 eingesetzten Reichsprotektor, inmitten der Gäste zu erkennen, aber was sonst an Deutschen zugegen war, entsprach eher dem Intelligenzgrad eines bayerischen Bierfestes.

Nach einigen Runden im Walzertakt, die mich Gucis herrliche Polsterungen spüren ließen, sprachen wir über meine Zuneigung zu Sara Strommer. Guci und ich hatten zu meinem Bedauern nie als Paar zueinander gefunden, hingegen war eine ganz intensive Freundschaft daraus geworden, die keine Heimlichkeiten duldete.

Guci lauschte gespannt meinen Ausführungen und teilte mir ungeniert ihre Meinung mit: „Ich kann mir gut vorstellen, dass diese Frau in Gedanken bei dir ist, und auch ihr Herz nicht bei dem Mann, mit dem sie das Bett teilt, doch du darfst dich nicht der Illusion hingeben, dass dort nichts passiert. Du musst deine Gedanken ausschalten, lass diese Woche vergehen, zudem bist du jetzt mit deinen Gefühlen noch nicht so weit, dass du nicht mehr herauskannst!" Sie hatte recht. Aus welchem Grund sollte ich mich mit dem Gedanken quälen, was am Weißen See passierte und was nicht? „Es ist ohnehin seltsam, dass ich keine große Eifersucht empfinde, denn Sara entspricht ja äußerlich so gar nicht meinem Frauentyp, und du kennst ja meine Vorlieben", sagte ich und blickte verschmitzt in ihren Ausschnitt. Guci lachte. „Das kann ich gut verstehen, denn wenn keine sexuelle Anziehungskraft vorhanden ist, erträgt man die Sache viel leichter. Karel, ich kenne dich nun doch schon einige Zeit, und deine Frauen entsprechen immer dem gleichen Ideal. Wie sehr du auch im Moment verliebt sein magst, du kaufst auch den Körper mit, und der will bedient werden. Stell dir einen am Rücken liegenden Frauenkörper vor, und wie du darauf eine Partie Schach spielst. Wenn du niemals Angst haben musst, dass eine Figur umfällt, dann hast du auf Dauer nicht die richtige Frau für dich gefunden!“

Diese Metapher war einwandfrei ein Schuss ins Schwarze, und ich erinnerte mich an die ausgefüllte körperliche Beziehung drei Jahre zuvor mit meiner einstigen Wohnungsnachbarin Anika Russtrøm, einer Versicherungsbediensteten aus Schweden, einem Traum von einer Frau. Ich musste lachen, und wir erhoben die Gläser mit dem edlen Saft, der in diesen Zeiten leider sehr rar geworden war.

Ich verbrachte den nächsten Vormittag erstmals seit meiner Studentenzeit wieder in der Bibliothek der schönen Prager Universität. Es war nun ernstlich an der Zeit, sich auf die bevorstehende Prüfung in Linz vorzubereiten. Meine Lust war auf einem absoluten Tiefpunkt angelangt, denn obwohl mich Gucis Worte erheitert hatten, dachte ich andauernd an Sara Strommer. Diese Frau hatte in mir ein Gefühl provoziert, das ich nach langen Jahren erstmals wieder zulassen wollte. Elf Jahre zuvor hatte ich bereits eine schlimme Erfahrung mit einem weiblichen Wesen hinnehmen müssen, das auch noch in eine Beziehung verwickelt gewesen war. Es nahm sich gleich aus, die Parallelen waren unverkennbar. Der Zufall wollte es zudem, dass jene Frau und auch Sara Strommer in der gleichen Strasse wohnten, die alte Bekanntschaft im Haus Sibeliova 4 und Sara im Haus mit der Nummer 51.

Ich saß am ersten Tisch links im Lesesaal der Bibliothek, denn von da hatte man die beste Aussicht, wer kam und wer ging, und während meiner Studentenzeit hatte ich dort so manche Anbahnung erfolgreich zu Ende gebracht. Mein Rundblick erspähte einige bekannte Gesichter von früher, doch im Großen und Ganzen war nur Frischfleisch zu sehen. Frauen konnten in diesen Tagen nicht so ohne weiteres einen Studienplatz erhaschen, doch hie und da war zwischen all den bärtigen Köpfen ein hübsches Mädchen zu erblicken. Zu Studentenzeiten hatte ich mich oftmals aufgemacht und in einer Lernpause eine Studienkollegin angesprochen, nun war mir gar nicht danach. Ich sollte mich auf das prüfungsrelevante Stoffgebiet meiner Bücher konzentrieren, doch kreisten die Gedanken um Sara Strommer. Diese Frau hatte mich in kürzester Zeit verzaubert, und ich fühlte mich wie ein Insekt im Netz einer Spinne.

An diesem Vormittag brachte ich kaum etwas voran, und am Nachmittag saß ich wieder in meiner Kanzlei. Um vier Uhr brachte ein Postbote ein an mich persönlich adressiertes Telegramm, und als ich es öffnete, konnte ich folgende Worte lesen:

Bin sehr verwirrt, hin- und hergerissen, aber ich denke an dich und weiß, dass ich dich sehr lieb habe. SMS

Ich hatte mir vorgenommen, diese Woche mit Scheuklappen hinter mich zu bringen, doch dieses Telegramm ließ alle Sorgen und Schmerzen, die mich in Wahrheit plagten, im Nu aufleben.

Zwei Tage hörte ich nichts aus Horni Plana, dann folgte das nächste Telegramm mit einer „Durchhalteparole“ und dem Ersuchen, sie am Samstag, den 24. Januar, zu treffen.

Ich war total aus der Bahn geworfen. Obgleich ich noch nichts in Händen hielt, hatte ich das Gefühl, mein wertvollstes Gut einem fremden Mann anvertraut zu haben. Dringende Zerstreuung war die einzige Medizin, und so verließ ich meine Kanzlei und begab mich auf einen Spaziergang durch die Stadt.

Prag hatte sich seit 1939 total verändert, beinahe an jedem Haus hing eine rote Hakenkreuzfahne, und in jeder Gasse traf man auf einen oder mehrere Angehörige der SS, die für Ordnung und Ruhe sorgten. Der einzige Vorteil, den ich diesem Zustand abgewinnen konnte, war die Tatsache, dass Prag sehr sicher geworden war, denn in früheren Tagen musste man oft um sein Hab und Gut bangen angesichts des Gesindels, das sich herumgetrieben hatte. Ansonsten mochte ich die Burschen nicht leiden, aber ich war ein Meister des Arrangierens, eine andere Wahl hatte ich in meinem Stand ohnehin nicht. Der Stellvertretende Reichsprotektor, SS-Obergruppenführer Reinhard Heydrich, führte im Gegensatz zu seinem Vorgänger ein eisernes Regime, da konnte man sich gewisse Dinge nicht mehr herausnehmen.

Am 20. Januar hatte in der Wannsee-Villa in Berlin eine Konferenz stattgefunden, an der die führenden Vertreter der Nazipartei, der Reichskanzlei, des Justizministeriums, der Sicherheitspolizei, der Regierung des Generalgouvernements, des Innenministeriums, des SS-Rasse- und Siedlungshauptamtes und anderer Dienststellen teilgenommen hatten. Eben jene Konferenz war von Heydrich mit dem Versprechen geschlossen worden, bei der Durchführung der „endgültigen Lösung der Judenfrage“ behilflich zu sein.

Ohne die Aussiedlung der polnischen Juden von Lublin als ersten Anfang abgewartet zu haben, konnte man sich bereits nach jener Aussage des Stellvertretenden Reichsprotektors ein Bild von dessen Menschenachtung und seinem offenen Ohr für Probleme im Protektorat machen.

Ich überquerte die Karlúv most[6] und näherte mich dem Rathaus, da fiel mir ein bunter Bildband im Schaufenster eines Buchgeschäftes auf. „Die schönsten Ansichten Ostpreußens“ prangte an der Außenhülle, und ich konnte nicht umhin, mir dieses Buch näher anzusehen. Dies sollte mein Geburtstagsgeschenk für Sara Strommer sein, die am 23. Januar dreißig Jahre alt werden würde. Bei dem Gedanken, wie sie diesen Tag mit ihrem Manfred zu verbringen gedachte, wurde mir ein wenig übel, doch das schlechte Gefühl war umgehend wieder verschwunden.

Ich wurde mit der Verkäuferin schnell handelseins, ließ mir das Buch geschenkweise einpacken und machte mich

[6] Karlsbrücke

Haus in der Mala Strana

danach zu Fuß auf den Weg zum Hause, in dem Sara wohnte. An der richtigen Adresse angekommen, fand ich auf einer Übersichtstafel im Parterre gleich zwei Türschilder mit dem Namen Strommer, und ich stieg hinauf bis zum dritten Stockwerk. Dort läutete ich, und wenig später öffnete eine rothaarige Dame um die fünfzig Jahre die Türe, erst zögerlich, als ich jedoch mein Sonntagslächeln aufsetzte, zur Gänze. Bevor sie noch etwas sagen konnte, drückte ich ihr das Paket in die Hand und fragte: „Sind Sie Frau Sara Maria Strommer?“ Einem verdutzten Blick folgte die Antwort: „Das ist meine Tochter, doch die ist in dieser Woche nicht in Prag.“ „Bitte übergeben Sie ihr das Päckchen, ich spiele lediglich den Überbringer!“ Und noch bevor ich eine Erwiderung erhielt, machte ich auf dem Absatz kehrt und ging eilig die Stiegen hinunter. Ein paar Stufen später bereits hörte ich die Wohnungstüre ins Schloss fallen.

An Saras Geburtstag saß ich bei meinem Zahnarzt, der unter anderem im Krankenhaus von Prag beschäftigt war. Ich suchte ihn diesmal in der Klinik auf, und er nahm sich meinen Unterkiefer vor. Mit seinem silberglänzenden Besteck fuhr er die Zahnaußenwand auf und ab, schüttelte den Kopf und seufzte vor sich hin. „Was ist mit meinen Zähnen?“ fragte ich in einer Pause. „Ich denke, es wird ein operativer Eingriff von Nöten sein, an der rechten Unterseite bildet sich ein kleiner Herd“, erhielt ich als Antwort. „Bis wann gedenken Sie den Eingriff vorzunehmen?“ „Vor Ende des Monats Februar wird es schwer möglich sein“, antwortete der Arzt, „und zudem ist immer mit Unsicherheiten zu rechnen, ob nicht dieser oder jener Protegé des Stabes Heydrich vordringlich zu behandeln ist.“

Im Hinblick auf meine bevorstehende Prüfung wollte ich ohnedies erst einen Termin für Mitte März vereinbaren, und wir legten den Donnerstag, 12. März 1942, als Operationsdatum fest.

Als ich das Gebäude der zahn- und kieferorthopädischen Abteilung des Krankenhauses Prag verließ, lief mir meine langjährige Freundin Hera Fitzek über den Weg. Hera war Ärztin an der Dermatologischen Abteilung, und ich freute mich, sie nach über zwei Jahren wieder einmal zu sehen. „Karel, alter Charmeur, was führt dich in unsere verkommenen Gebäude?“ fragte sie, nicht ohne Sarkasmus auf die neue Macht im Lande, die öffentliche Gebäude verfallen ließ und Geld für Restaurierungen eher in pompöse Verwaltungs- und Regierungsbauten steckte.

Wir suchten ein kleines Café auf, das sich gleich hinter der nächsten Hausecke befand und lediglich Bediensteten des Krankenhauses vorbehalten war. Ich erzählte ihr von meinen Leiden, zuerst die Geschichte mit den Zähnen, und da sie mich besser kannte, entdeckte sie auch eine Veränderung in meinen Wesenszügen. Die Kurzversion der Geschichte von Sara Strommer beeindruckte sie sichtlich, doch warnte sie mich: „Das geht nicht gut, glaube mir! Ich bin eine Frau, und ich war in derselben Situation. Dieser Manfred kann das größte Ekel sein, und sie möchte nur jetzt aus dieser Situation ausbrechen, doch seine Macht wird über deine Liebesgefühle für sie obsiegen.“ Ich schaute ihr tief in die Augen. „Hera, kein Mensch lässt sich auf Dauer schlecht behandeln, und ich werde mich ernsthaft bemühen, nicht übertrieben nett zu sein. Ich kenne mich mit Frauen aus, und weiß nur zu gut, wie man mit ihnen umgehen muss!“ „Dein Wort in Gottes Ohr, Karel. Bitte, pass auf dich auf, und lass mich wissen, wenn du Hilfe benötigst!“ Wir verabschiedeten uns, und ich war glücklich, Hera Fitzek getroffen zu haben, denn für den ultimativen Fall hatte ich nun eine Spionin, die mir sicherlich diese und jene Information aus dem Krankenhaus besorgen konnte.

Endlich war der Samstag gekommen. Ich saß vormittags noch im Lesesaal der Bibliothek, und als ich die Seiten zählte, die ich in der soeben vergangenen Woche durchforstet hatte, wurde mir übel. Dieses Kontingent war zu Studentenzeiten eine Tagesration, doch Sara Strommer hatte mich bereits derart vereinnahmt, dass ich mich geistig nicht mehr beherrschen konnte.

Nach dem Mittagessen in einem Restaurant neben der Universität startete ich meinen Wagen zu einer kleinen Ausfahrt. Ich hatte vor, mich mit meinem Berufskollegen Noel Kolacny und seiner hübschen Frau Isabelle zu treffen. Im Konsortium mit weiteren drei Interessenten hatten wir geplant, eine große Liegenschaft am Stadtrand von Prag zu erwerben.

Ich hatte Isabelle am Telefon kurz von meiner neuen Liebe erzählt, war doch auch sie eine meiner Vertrauten, und ich wollte in diesen Tagen verschiedene Meinungen von Frauen einholen, denn rational waren die Gedankengänge dieser Wesen nicht zu erklären, und ich konnte lediglich mit Hilfe eines induktiven Verfahrens auf den Wert der Worte von Sara Strommer schließen.

Wir schritten die Außengrenzen des riesigen Grundstücks ab, und Noel und ich berieten die Finanzierung des Kaufs. Schon lange hatte ich diese Liegenschaft im Auge gehabt, mein Wunschtraum schien in Griffweite, dennoch fehlte mir an diesem Samstag der Biss, das Geschäft richtig anzupacken. Isabelle kannte mich schon seit Jahren, und sie strich mir in einer Besprechungspause mit der Hand über mein Haar. „Glaube mir, solch gemeinsame Aufenthalte können viel klären, und ich bin mir ziemlich sicher, dass Sara ihren geplanten Weg gehen wird!" Isabelle kannte Sara und Berin aus Jugendjahren flüchtig, und dass diese nach dem entzückenden Jungen mit einem ekelhaften, alten Pädagogen zusammengekommen war, schockierte sie ein wenig. Isabelle sprach mir Mut zu, und ich war sehr erleichtert über ihre Ansicht, dass Sara ihrem Manfred jedenfalls den Laufpass geben würde, denn einen besseren Mann als mich konnte das verschreckte Ding niemals bekommen.

Es war kurz vor sieben Uhr abends, Sara hatte mir in ihrem letzten Telegramm geschrieben, sie wolle an der Straßenecke Karlova/Liliova auf mich warten. Ich war bereits etwas früher dort, aber pünktlich um sieben kam sie mir entgegen und strahlte wie Sirius im Sternbild „Großer Hund". Wir küssten uns innig, und ich war erleichtert, dass diese schreckliche Woche des Wartens vorbei war. „Mein Holci, du hast mir so gefehlt!" begann ich, und Sara konnte sich ebenfalls in ihrem Gefühlsausbruch nicht halten. „Ich habe die Stunden gezählt, die ganze Woche lang, und ich musste absolut aufpassen, dass Manfred nichts merkt. Glücklicherweise verbrachte er die meiste Zeit im Zimmer, so konnte ich auch unbemerkt die beiden Telegramme absenden." Wir wollten nicht auf der Straße stehen bleiben, ein SS-Mann hatte uns bereits ins Visier genommen, und Verabredungen selbst zwischen Mann und Frau trugen in diesen Tagen stets den Geruch einer verschwörerischen Zusammenrottung an sich.

Wir betraten ein Abendlokal in der Nähe mit dem Namen „Restaurant Johannes“ und nahmen an der Bar Platz. Das Lokal war ziemlich leer, wie alle Gaststätten in Prag. Der Einmarsch der deutschen Truppen im März 1939 hatte die öffentlichen Auftritte der Bevölkerung versiegen lassen, man aß lieber zu Hause, nicht nur des Sparens wegen. In den eigenen vier Wänden hatte man noch eine gewisse Privatsphäre, außerhalb des geschützten Bereichs musste man sich jedoch an die strengen Regeln des Regimes halten, wollte man nicht eine Gratisbahnfahrt in Richtung Osten miterleben.

Eine Woche lang hatte ich mir ausgemalt, was ich Sara bei unserem Wiedersehen alles sagen würde, doch die ganzen Worte waren wie weggewischt. Ich wollte sie nicht fragen, wie es im gemeinsamen Urlaub gewesen war, und wie sie mit Manfred ihren Geburtstag gefeiert hatte.

„Meine Mutter hat mir heute ein Päckchen in meine Wohnung gebracht“, begann sie, „und noch bevor ich es öffnete, sagte ich zu ihr, dass da sicherlich ein Buch über Ostpreußen drinnen sei. Ich habe es gewusst, denn deine Aufmerksamkeit ist mir ja nicht entgangen. Du kannst dir nicht vorstellen, welch ungläubigen Blick meine Mutter in ihrem Gesicht hatte, als ich tatsächlich das Buch hervorzog. Ich danke dir dafür sehr!“ Sie küsste mich, und ich übergab ihr noch eine kleine Schachtel. Darin befand sich ein Golddukaten und ein Foto von meinem Pferd und mir, auf der Rückseite des Bildes war zu lesen: 2 Männer wollen für dich da sein!

Sara war gerührt und lehnte sich gegen meine Schulter. Ich saß da wie angenagelt, ein unbeschreibliches Gefühl packte mich, und ich wusste, ich hatte meine Seele dem Teufel verschrieben. Wir sprachen noch ein wenig über uns, tauschten zärtliche Worte aus und diskutierten auch ihre Reise nach Gelsenkirchen, die für knapp einen Monat später anberaumt war. „Fährst du da tatsächlich alleine hin oder begleitet dich dein Lebensgefährte?“ fragte ich mit einem ironischen Unterton, doch die Antwort lautete anders als erwartet. „Nein, derartige Termine muss ich stets alleine wahrnehmen. Manfred interessiert sich nicht für meine Freunde, aus diesem Grund wird er da wohl in Prag bleiben.“ Ich hatte eigentlich erwartet, dass Sara etwas von einer bevorstehenden Trennung erwähnen würde, doch schien dies nicht ihren Intentionen zu entsprechen. Ich erwiderte nichts, denn noch war der Zeitpunkt zu früh, um regulierend einzugreifen.

Eine Stunde später gingen wir voneinander. Saras Freunde hatten für sie nach ihrer Rückkehr ein kleines Geburtstagsfest organisiert, und ich fragte sie, ob sie auch zu dieser Feierlichkeit nicht gedachte ihren Manfred mitzunehmen. Sie verneinte abermals, denn Manfred verbrachte diesen Abend bei seiner Schwester am Kellenberg.

Ich beschloss an diesem Abend, mich ein wenig von Sara zu distanzieren. Selbstredend hatte sie mich total vereinnahmt, doch gegen die Windmühle Manfred wollte ich nicht kämpfen. Fünf Jahre sind eine lange Zeit, und selbst unglückliche Beziehungen prägen einen Menschen. Ich wollte es ihr überlassen, sich an mich zu wenden.

Am 28. Januar rief sie mich morgens an und fragte nach der Einladung zur Weinverkostung, die an diesem Abend in meiner Wohnung stattfinden würde. Ich bestätigte den Termin, und Sara war neugierig, was meine Gästeliste betraf. „Ein paar Freunde aus alten Tagen," antwortete ich, und zählte ein paar Namen auf. „Stört es dich, wenn ich eine Stunde früher komme?" hörte ich am anderen Ende der Leitung. „Nicht im Geringsten!" antwortete ich und freute mich bereits auf das Wiedersehen mit ihr, was ich mir aus Gründen des männlichen Stolzes die Tage zuvor verboten hatte.

Es war etwa fünf Uhr nachmittags, als Sara mich aufsuchte. Ich hatte in meinem Esszimmer bereits die Tafel gedeckt, und Sara fiel im wahrsten Sinne des Wortes über mich her. „Ich werde bis zum Einlangen der ersten Gäste bei dir bleiben", sagte sie, „danach werde ich dich verlassen!" Ich hatte keine Idee, aus welchem Grund sie nicht zum gemeinsamen Abend bleiben wollte, doch in meiner verliebten Naivität fragte ich nicht weiter nach.

Wir legten uns auf mein gemütliches Sofa und küssten uns innig. Sara gab sich mir hin, wie ich es nicht erwartet hatte, dennoch wollte ich es nicht zum Äußersten kommen lassen. Mir tat der körperliche Kontakt zu ihr gut, doch hatte ich richtiggehend Angst davor, sie an gewissen Stellen zu berühren und ins Leere zu greifen. „Du hast mir gefehlt, weißt du das?" fragte sie zwischen zwei Küssen. Ich antwortete nicht, genoss es nur, sie in meinen Armen zu halten.

Plötzlich wechselte sie das Thema. „Ich habe von dir noch keine Rechnung für deine Intervention erhalten." Ich blickte tief in ihre Augen, dann sagte ich: „Keine Sorge, mein Holci, die kommt noch!“ Nach wenigen Minuten stand ich auf, um aus meiner Küche einen Sack Mohrrüben zu holen. Dieser war mit einer roten Masche verschlossen, und ich drückte meinem erstaunten Schatz den Sack in die Hand. „Ich soll dich übrigens auch von meinem Pferd grüßen lassen“, waren meine Worte, und sie versank vor Rührung in meinen Armen.

Der Abend mit meinen Freunden war ausgelassen und fröhlich, jedoch fiel jedem meiner Gäste auf, dass ein Platz frei geblieben war. Die neben mir sitzende Eva Dorischak fragte mich nach dem vermeintlich geheimnisvollen Gast, der es vorgezogen hatte, nicht zu erscheinen. Ich zwinkerte ihr zu und antwortete leise: „Es handelt sich um meine neue heimliche Liebe, eine schüchterne junge Dame, die nicht gleich mit der Tür ins Haus zu fallen gedachte.“ Eva war neugierig, wollte mehr wissen und streckte ihren Kopf ganz zu mir. „Na, wie heißt sie denn?“ Ich wusste nicht, ob ich es verraten sollte, doch dann konnte ich mit dem Geheimnis nicht hinter dem Berg halten. Ich war mir sicher, dass Eva mit ihrem Namen nichts anfangen konnte, und sagte emotionslos: „Sara Strommer!“ Mit einem Mal durchzuckte es meine Nachbarin, ihr Mund stand offen, und dann erwiderte sie erstaunt: „Aha, Sara Strommer …!“ Ich wollte noch etwas erwähnen, da fiel uns einer meiner Freunde ins Wort, und ich konnte in dieser Angelegenheit nichts mehr erfahren.

Der Abend klang feuchtfröhlich aus, zwei meiner Gäste hielt ich an, bei mir zu nächtigen, da es nicht gut war, betrunken zu später Stunde durch die Gassen von Prag zu wanken. Ich konnte mir auf Evas seltsame Mimik keinen Reim machen, und es beschäftigte mich auch noch die Tage danach, klärte sich jedoch erst Monate später auf.

Ich beschloss am nächsten Tag, meiner Mandantin eine Rechnung zu schreiben, denn immerhin hatte ich viele Stunden verwendet, um ein entsprechendes Leumundszeugnis ausstellen zu können. So verrechnete ich ihr meine Leistungen mit „1 Abendessen zu zweit bei Kerzenlicht, 1 zärtlichen Kuss und viel Zuneigung für die nächste Zeit", und ließ die Rechnung an ihre Privatadresse zustellen.

Mein 35. Geburtstag stand ins Haus, ich wusste jedoch noch nicht, wie und wo ich ihn zelebrieren würde. Ausgelassene Feste wie vor der Besetzung konnte man nicht mehr feiern, zudem war mein Vorrat an Bezugsscheinen schon mehr als knapp, lediglich Treibstoff durfte ich noch in ausreichenden Mengen einkaufen.

Am Samstag, dem 31. Januar, begab ich mich erneut in die Bibliothek der Universität, um mich für jene Prüfung vorzubereiten, die am 4. März ins Hause stand. Ich war bereits konzentrierter als zwei Wochen zuvor, was nicht zuletzt mit meinem Seelenleben zusammenhing, das wieder in Ordnung gekommen war. Wann immer ich mit Sara sprach oder telefonierte, niemals lenkte ich das Gespräch auf ihre Beziehung mit Manfred hin, denn ich wollte zu dieser Zeit wegen der Prüfungsvorbereitung meine Augen vor der Realität verschließen. Ich konnte ihre Worte nicht auf ihren wahren Gehalt prüfen, und ich wusste auch nicht, wo sie ihre Nächte verbrachte, außer jene von Montag auf Dienstag und von Donnerstag auf Freitag.

Ich saß vor meinen Büchern, da klopfte mir jemand auf die Schulter. Ich blickte auf und sah Sara hinter mir stehen. Sie beruhigte mich sogleich, denn es durchzuckte mich, als hätte der Blitz eingeschlagen.

Wir gingen vor den Studiersaal hinaus; Sara war mit einem böhmischen Trachtenkostüm bekleidet. Ich betrachtete die junge Dame, und wenn man Bilder von Mädchen vom Lande kannte, stachen einem immer die Rundungen der Landarbeiterinnen ins Auge. Diese fehlten hier gänzlich, und ich ertappte mich wieder bei dem Gedanken, eine Bohnenstange in Menschenkleidung vor mir zu sehen. „Ich fahre heute Nachmittag zu meinen Großeltern aufs Land hinaus", erklärte sie ihren Aufzug, „und die mögen alte Traditionen. Ich bin aber aus einem anderen Grund gekommen, da ich nicht weiß, ob wir uns zu deinem Jahrestag sehen oder nicht." Ich hatte vorgehabt, Sara an meinem Geburtstag in Česká Lípa aufzusuchen, wollte jedoch jetzt nicht voreilig sein. Sie überreichte mir ein kleines Päckchen und ein Buch. „Dieses Buch habe ich gelesen, während ich am Weißen See in Gedanken bei dir war. Bitte, lies auch du es, und du wirst verstehen, in welcher Situation ich mich gegenwärtig befinde!" Das Buch trug den Titel „Ich saß am Ufer des Rio Verde und weinte …", und ich muss aus heutiger Sicht gestehen, dass ich es niemals gelesen habe, denn Romane sind so gar nicht meines.

Ich bedankte mich höflich, und als hätte ich es ihr eingeimpft, fragte sie mich, ob ich sie am 2. Februar an ihrem

Dienstort aufsuchen wolle. Keinen größeren Wunsch hätte sie mir erfüllen können, und ich nickte zufrieden. Sie fiel mir um den Hals und ermahnte mich, fleißig weiterzulernen, denn immerhin schien sie zu ahnen, welchen Wert die zu absolvierende Prüfung für mein weiteres berufliches Fortkommen hatte. Als sie sich anschickte zu gehen, sagte sie noch abschließend: „Ich habe ein Schriftstück von dir erhalten. Glaube mir, es ist eine Rechnung, die ich nicht bezahlen muss, sondern bezahlen darf!"

Das Wochenende erlebte ich in absoluter Hochstimmung. In dem Päckchen, das sie mir am Samstag übergeben hatte, befand sich ein kleines Buch, eine Ballade über zwei Hasen, die sich innig liebten, so dass sie gar nicht beschreiben konnten, wie tief ihre gegenseitige Zuneigung war. Auf der letzten Seite stand geschrieben

„... und ich habe dich auch sehr lieb, deine SMS!"

Ich war derart gerührt, dass ich mich nicht mehr wiedererkannte. Hatte ich mich bis einen Monat zuvor noch für einen der härtesten Männer gehalten, so war ich nun weich wie eine Kinderwindel. Sara Maria Strommer war mein Schicksal geworden, alles drehte sich nur mehr um sie, und dabei fand ich diese Frau äußerlich in keiner Weise begehrenswert. Mir waren in den Wochen vor Weihnachten ein paar nette junge Damen über den Weg gelaufen, die meine Sinne entzückten, doch Sara hatte mich mitten ins Herz getroffen.

Am 2. Februar abends fuhr ich auf der Straße nach Melnik, weiter nach Jestrebi und erreichte relativ rasch die kleine Stadt Česká Lípa. Es waren kaum Wägen auf den Straßen zu sehen, hie und da ein Fahrzeug der deutschen Wehrmacht oder ein Kommandokübelwagen der SS, doch mein privater Mercedes Benz war eine rühmliche Ausnahme auf der Landstraße.

Ich hatte lediglich einen Straßenposten zu passieren, es war jedoch kein längerer Aufenthalt mit lästigen Fragen zu verzeichnen. Als Rechtsanwalt konnte man bald einen Mandanten hier und da besuchen, was in diesem Fall weder falsch noch gelogen war. Der nun auftretende Schneefall erschwerte mein Vorankommen.

Sara hatte mir einen Plan besorgt, um leicht zu ihrer Wohnung zu finden. Ich fuhr die mit Bleistift angestrichenen Strassen entlang und bog schon recht bald zur richtigen Adresse ab. Vor dem Haus mit der Nummer 415 parkte ich meinen Wagen, was ob der Schneelage nicht wirklich einfach war.

Sie erwartete mich am Eingang zu ihrer kleinen Wohnung und küsste mich innig. „Du hast keine Vorstellung, wie lange ich auf diesen Moment gewartet habe!“ flüsterte sie mir zärtlich ins Ohr.

Ihre Wohnung war wirklich sehr klein, man durchschritt einen Vorraum, dem linker Hand das Badezimmer samt Toilette folgte, geradeaus erreichte man einen Wohnraum, der spärlich eingerichtet war. Links des Wohnraums befand sich eine Art Schlafabteil, das von diesem lediglich optisch getrennt war, und in dem es nur eine große Matratze mit einem dahinterstehenden halbhohen Kasten gab. Rechts zur Straße blickend befand sich eine kleine Küche, alles in allem war diese Wohnung für einen dauerhaften Bezug meinen Vorstellungen entsprechend viel zu klein und schrecklich abgewohnt, doch Sara verbrachte in diesem Loch ohnehin nur zwei Nächte pro Woche.

Über dem Bett erkannte ich die rote Glasrose wieder, die ich Sara vor ihrer Abreise mit Manfred geschenkt hatte. Sie bemerkte meinen scharfen Blick und sagte dann: „Als ich sie damals in meinem Arbeitszimmer ausgepackt habe, war mein Kollege und Freund Gero bei mir, und nachdem auch er keine sonderlich große Meinung von Manfred hat, sprach er den Wunsch aus, dass diese Rose während meiner Abwesenheit zu blühen beginnen möge.“ Ohne ihn zu kennen, war mir dieser Gero sympathisch geworden, denn auch er schien ein Mann zu sein, der genauestens erkennen konnte, was der gealterte Pädagoge Manfred Prock bei Sara bewirkte, und welch positiven Einfluss ich auf sie ausübte.

Sara führte mich zum Abendessen aus, und wir betraten das größte Gasthaus am Platz. Ich hatte das Gefühl, dass es ihr wirklich wohl war in meiner Gegenwart, und ihr voriges Leben wie ein schlechter Traum in ihrem Hinterstübchen dahindämmerte.

„Du hast aus mir einen neuen Menschen gemacht, Karel!“ begann sie. „Ich bemerke erst in deiner Gegenwart, dass ich fünf Jahre überhaupt nicht gelebt habe. Die Zeit ist reif für einen neuen Lebensstil.“ „Wie wäre es denn gelaufen, wenn ich nicht in dein Leben getreten wäre?", fragte ich neugierig. Sara überlegte einen Moment. „Fünf Jahre ohne wirkliche Höhepunkte ... ich denke, ein bis zwei Jahre hätte ich das noch mitgemacht, dann wären Überlegungen anzustellen gewesen."

Sara schien mir nicht ganz zurechnungsfähig, was die Gestaltung ihres Lebens betraf. Sie lebte in den Tag hinein, absolvierte ihr Arbeitspensum, hatte jedoch nichts, worauf sie sich wirklich freuen konnte. Ihren Ausführungen zufolge war dieser obskure Manfred Prock auch nicht gerade eine Stütze, und das Sprichwort „Lebe jeden Tag als wäre es dein letzter" galt in dieser Beziehung überhaupt nicht. Ich dachte an alle Aktivitäten, denen ich im Allgemeinen nachging und die mir Zerstreuung boten, ich lebte eine erfüllte Zeit und hatte selbst mit meinen jugendlichen Jahren schon mehr gesehen als so mancher Zeitgenosse, der das doppelte an Lenzen zählte.

Sara nahm meine rechte Hand und blickte ernst in meine Augen. „Was auch immer die Zukunft für uns bringen möge, um eines bitte ich dich inständig!" Sie setzte kurz ab. „Ich habe fünf Jahre meines Lebens vertan und musste oftmals Dinge sagen, die ich so nicht empfunden habe. Damit muss jetzt Schluss sein, und ich will nichts mehr außer absolute Offenheit und Ehrlichkeit zwischen uns!" Diese Worte saßen, denn der Ton in ihrer Stimme und der Ausdruck ihres verhärmten Gesichtes verrieten mir, dass sie diesen Wunsch tief im Innersten mit sich getragen hatte und nun aussprechen konnte. „Offenheit und Ehrlichkeit für immer!" bestätigte ich, drückte ihre Hand und küsste sie.

Etwa eine Stunde später saßen wir auf ihrem etwas unbequemen Sofa im Wohnraum ihrer kleinen Dienstwohnung. Es wurde nicht viel gesprochen, vielmehr gingen Zärtlichkeiten hin und her, die in eine eindeutige Richtung tendierten. Ich wollte an diesem Abend nicht mit der Tür ins Haus fallen und versuchte, mir einen guten Abgang zu verschaffen, indem ich sagte: „Sara, es ist schon sehr spät, ich werde zurückfahren nach Prag.“ Ungläubig blickte sie mich an und antwortete dann: „Das kommt nicht in Frage!“

So kam es, wie es kommen musste, und Sara begann sich und mich der Kleidung zu entledigen. Ich wollte es an diesem Abend nicht, ich hatte vor, der Zuneigung noch etwas Lebenssaft einzuhauchen, doch Sara fiel förmlich über mich her. Bevor es zur ultimativen Vereinigung kam, hielt ich für einen Moment inne und fragte: „Hast du keine Bedenken wegen Manfred? Er könnte unerwartet vor der Türe stehen!“ Ihr lasziver Blick im Dunkel der Wohnung hätte als Antwort gereicht, doch legte sie noch ein paar Worte drauf: „Ich habe am frühen Abend mit ihm telefoniert. Für heute ist er kalt gestellt …!“ Dann zog sie sich ihr Oberteil aus und legte sich auf mich. Mein letzter Gedanke bei Bewusstsein war, dass ich für das Schwarz der Nacht dankte, um nicht den Körper sehen zu müssen, den ich so gar nicht begehrte.

Ich wachte gegen sechs Uhr auf und blickte zur Seite. Sara hatte darauf bestanden, auf der linken Hälfte des Betts zu nächtigen, eine angeblich nicht zu regulierende Angewohnheit ihrerseits.

Sie lag auf dem Rücken und halbverdeckt neben mir, und erstmals sah ich jene entblößten Körperpartien, die ich üblicherweise bei einer Frau so liebte. Wirre Gedanken schossen durch meinen Kopf, denn was ich erblickte war das Abbild einer Tafellandschaft. Flach wie die Oberschlesische Platte, durchzuckte es mein Bewusstsein, und mir war in jenen Momenten nicht klar, wie lange ich diesem körperlichen Reiz würde erliegen können. Bilder der weiblichen Ideale jener Zeit liefen vor meinem geistigen Auge ab, ich dachte an die beiden Schauspielerinnen Manja Behrens und die Tschechin Lida Baarova, welcher Reichspropagandaminister Dr. Joseph Goebbels den Hof gemacht hatte. Mein Körperbau entsprach sicherlich auch nicht jenem eines Halbgottes aus der griechischen Mythologie, doch hätte bei mir ein Biologe nicht umgehend auf eine Anomalie im Erbgut geschlossen, während mir Sara echte Sorgen bereitete, einem fehlenden X-Chromosom erfolglos hinterherzulaufen.

Meine Zuneigung zu Sara Strommer wuchs zwar von Tag zu Tag, doch an jenem Morgen wurde mir genauso einsichtig, dass die körperliche Liebe sicherlich nicht die Hauptrolle in einer allfälligen Beziehung einnehmen würde.

Sara schlug die Augen auf und bemerkte den Brennpunkt meines Blickes. Wie selbstverständlich drehte sie das Leintuch um ihren Körper und fragte mich nach meinem Schlaf. Ich küsste sie zum guten Morgen, dann standen wir auf. Sara bereitete in der Küche noch ein kleines Frühstück, während ich mich im Bad erfrischte.

Die Fahrt zurück nach Prag war von geistiger Abwesenheit geprägt, denn so sehr ich Sara zu lieben begann, so entsetzt war ich über die Loyalität ihrem Manfred gegenüber. Ich wusste nichts über jene seltsame Beziehung, und mochte sie noch so schlecht und abgelegt sein, offenkundig war, dass sie ihren Lebenspartner mit mir betrogen hatte.

Ich fuhr direkt an der Universität vor, denn ich hatte an diesem Vormittag noch ein wenig nachzuholen, was ich am Vortag versäumt hatte. Der Prüfungsstoff ging an jenem Dienstag leicht von der Hand, ich trug ein befreites Gefühl in mir, denn immerhin war das passiert, was sich ein jeder von einer Partnerschaft, war sie auch noch nicht offiziell bekundet, erwarten durfte.

In der Kanzlei wartete ein Telegramm auf mich, und ich sah als Absendepostamt den Stempel von Česká Lípa. Begierig öffnete ich den Umschlag und las die Worte, die Sara offensichtlich gleich nach meiner Abfahrt hatte zu Papier bringen lassen:

Ich hoffe, du bist gut in Prag angekommen! Ich bin irgendwie sehr verwirrt und eigentlich entsetzt von mir selbst. Mein Gewissen plagt mich ziemlich, ich habe dich wirklich sehr lieb und bemerke auch, dass es immer stärker wird. Andererseits ist nicht zu verleugnen, dass ein Teil von mir an der alten Beziehung hängt, das bemerke ich immer dann, wenn ich daran denke, sie zu beenden. Obwohl ich keine rationalen Gründe mehr dafür nennen kann, es ist einfach ein Gefühl, aber es ist da. Schöner Gefühlssalat! Mein schlechtes Gewissen habe ich aber deswegen auch dir gegenüber – eigentlich möchte ich dir viel viel mehr von mir geben. Glaube mir, ich weiß, dass das auch für dich schwer auszuhalten ist. Ich habe einerseits Angst, den Absprung zu früh zu tätigen, da mir das einmal passiert ist, und ich furchtbar darunter gelitten habe, ebenso wie die neue Beziehung. Ich habe aber auch genauso viel Angst, ihn zu spät zu schaffen. Schade, dass man Gefühle so gar nicht verändern kann und dann so feststeckt wie ich.

Allerdings wundert es mich, dass ich diese Nacht, wenn auch nicht tief, neben dir schlafen konnte – ich habe mich sehr wohl gefühlt, es hat sich irgendwie doch vertraut angefühlt.

Ich schicke dir einen Kuss, ich denke an dich, SMS

Da war ich getroffen, denn dieses Telegramm beschrieb eine Gefühlswelt, die ich in den Wochen zuvor auf Sara zu projizieren gedacht hatte. Endlich hast du sie soweit, ging es mir durch den Kopf, und es konnte nur mehr wenige Tage dauern, bis sie ihren Manfred fortgeschickt haben würde.

Sara hatte mich für den Abend zu sich eingeladen, und ich war erpicht darauf, ihren Hauptwohnsitz kennenzulernen. Gegen acht Uhr stand ich vor dem Haus Sibeliova 51, das ich etwa zwei Wochen zuvor bereits einmal betreten hatte. Der Zufall wollte es, dass in diesem Hause auch die Eltern einer netten, mittlerweile verehelichten Angestellten der Prager Hypothekenbank wohnten, der ich vier Jahre zuvor – zu meinem Bedauern erfolglos – den Hof gemacht hatte.

Ich stieg bis zum Dachboden hinauf, ein Stockwerk über der Wohnung, bei der ich einstens vorgesprochen hatte. Sara erwartete mich im Türrahmen und fiel mir um den

Hals. Es tat mir gut, von der Frau meiner Träume derart liebevoll begrüßt zu werden.

Die Wohnung glich vom Stil her jener in Česká Lípa, lediglich ein wenig größer war sie. Vom Vorraum ging man links über zwei Stufen in einen später angebauten Schlafraum mit einem alten Bett, geradeaus betrat man eine Art Wohnküche mit dahinterliegendem kleinen Bad. An der rechten Seite des Wohnraumes stand ein antiker Schreibtisch, vor der Wand gegenüber befand sich ein abgesessenes Sofa.

Ein Küchenregal in Augenhöhe war gesäumt von Fotos, in der Mehrzahl Kinderbilder, doch dazwischen entdeckte ich zwei mit dem Konterfei eines Mannes darauf, der wiederum auf einem Foto Sara in seinen Händen hielt. Ich betrachtete die Bilder und erkannte einen älteren, grauhaarigen Mann mit auffallend wallender Frisur und eingefallenem Gesicht. Dies war sicherlich nicht der Typ Mann, der sein Vaterland heldenhaft verteidigen würde, vielmehr eine Art zurückgezogener Charmeur, der in seinen vier Wänden dem Steckenpferd der Phillumenie[7] nachging. Die Begeisterung für das Leben stand ihm förmlich ins Gesicht geschrieben, und der verschreckte Ausdruck Saras auf dem Foto tat seinen Teil. „Das wird wohl Manfred sein", sagte ich forsch. „Ja", antwortete sie, während sie das Bild mit den beiden Personen von der Ablage nahm, „das wurde bei seiner Schwester am Kellenberg aufgenommen!" Andächtig

---

[7] Das Sammeln von Zündholzschachteletiketten

betrachtete sie das Foto und stellte es wieder auf seinen angestammten Platz zurück. Ich hatte eigentlich erwartet, dass sie bei meinem Erscheinen die beiden Bilder umgehend forträumen würde, doch schien sie noch nicht derart viel Feingefühl entwickelt zu haben, um zu erkennen, dass mich die Aufnahmen meines Nebenbuhlers eventuell stören konnten.

Sara und ich nahmen auf ihrem Sofa Platz, und ich fragte sie nach ihrer Fahrt nach Gelsenkirchen. Sie blickte auf einen Wandkalender und nannte mir den Termin. Sie musste am 18. Februar in Breslau sein und würde am 21. Februar zurückkehren. Nach einem kleinen Kuss fragte ich, ob sie es wünsche, nach ihrer Rückkehr in Breslau von mir abgeholt zu werden, und sie antwortete: „Das wäre ein wirkliches Geschenk!" Sara sah mich total verliebt an, und ich merkte, dass es mein tiefster Wunsch war, mit dieser Frau den Rest meines Lebens zusammen zu sein. Meine Zuneigung zu ihr war bereits derart groß geworden, dass mich subjektive körperliche Mängel nicht mehr davon abhielten, Sara Maria Strommer vor meinem geistigen Auge am Altar neben mir zu sehen.

„Ich erinnere mich an eines unserer ersten Gespräche", sagte sie, „als du mir von dem Grundstückskauf am Rande von Prag erzählt hast. Ich habe mir damals bereits gedacht, wie schön es doch wäre, mit dir dort ein Heim zu errichten, und unsere Kinder über die große Wiese laufen zu lassen." Sara sprach mir aus der Seele. Wir kannten uns noch keine zwei Monate, dennoch hatte uns beide das Gefühl gepackt, für immer zusammenzugehören. „Hast du dir Gedanken darüber gemacht, wie ein gemeinsames Kind denn heißen könnte?", fragte ich.

Sara schüttelte den Kopf, doch ich platzte vorlaut heraus: „Sollte es ein Mädchen werden, wird es in jedem Fall Leona heißen! Das ist der Name, den ich für meine Erstgeborene auserkoren habe." Mein Holci blickte mich ungläubig an. „Welch seltsamer Name ist das?" Ich erklärte ihr meine Vorliebe für die spanische Namensgebung, dann lachten wir und verbrachten den restlichen Abend in zärtlicher Umarmung.

Seit 1940 gab es in Prag in der Fastnachtzeit zwei hochkarätige Veranstaltungen, die von der Protektoratsregierung organisiert wurden und deutschen Angehörigen des Militärs und der SS mit weiblicher Begleitung vorbehalten waren. Zudem konnten einige wenige Angehörige des tschechischen Hochadels Eintritt erlangen, wenn es um den „Ball der Offiziere" am Faschingsamstag und den „Ball der Unteroffiziere" am Faschingmontag ging.

Die beiden Bälle im Královsky palác[8] waren das Ereignis des Jahres im geplagten Prag und ließen selbst die ständig unter Druck stehenden Besatzer für eine Nacht ihre Sorgen vergessen. Meinem Stand in der Prager Gesellschaft war es zu verdanken, dass ich auf beiden Veranstaltungen zugegen sein würde, am „Ball der Offiziere" als offizieller Begleiter einer führenden Politikerin des Landes namens Vera

[8] Königspalast

Schlieg, am „Ball der Unteroffiziere“ als Gastgeber meiner reizenden Bekannten Ariana Mattner. Ich hatte des öfteren daran gedacht, Sara zu einer der Veranstaltungen einzuladen, doch war schon frühzeitig die Konstellation meiner Begleitungen festgestanden, und es hat nicht meinem Stil entsprochen, großartige Rochaden lediglich zum Zweck der größeren Bequemlichkeit vorzunehmen.

Sara hatte von ihrem Vater erfahren, dass ich bereits seit längerem in Verbindung zu Vera Schlieg stand, und konnte mit einem kleinen Eifersuchtsprotest nicht hinter dem Berg halten. Ich dämmte den Ausbruch mit Hinweis auf ihre noch aufrechte Beziehung zu Manfred ein, doch wischte sie mein Argument mit einer Handbewegung weg. „Du hast so einflussreiche Frauenbekanntschaften“, hörte ich mit einer Spur Neid aus Saras Munde, „ich frage mich immer wieder, was du an einer Frau wie mir so reizvoll findest!“ Ich wäre wahrscheinlich um viele Antworten auf unbeantwortete Fragen reicher gewesen, hätte ich darauf etwas erwidern können. Mir war selbst nicht klar, was mich an Sara Strommer so faszinierte, es war irgendwie ihre Mischung aus Hilflosigkeit und Anhänglichkeit, doch genau jene Attribute hielten mich auch davon ab, zu jener Zeit zu schärferen Mitteln zu greifen, um sie zu einer raschen Trennung von Manfred Prock zu bewegen. Dieses arme, kleine Ding, das jahrelang nur Schlechtes erlebt hatte, konnte man doch nicht unter Druck setzen. Wie wäre ich mir da vorgekommen?

Als ich aus meiner liegenden Position aufstand, um mir ein Glas Wasser zu holen, erblickte ich zufällig einen Kontoauszug der Prager Stadtbank, ausgestellt auf den

Namen „Sara Maria Strommer“ und einen erklecklichen Betrag auf der Habenseite ausweisend. Ich pfiff durch die Zähne, als ich beiläufig das Papier aufhob und damit zu Sara hinüberwinkte. Sie blieb beinahe regungslos liegen und sagte nur: „Mir entstehen kaum Kosten, ich habe lediglich die Miete für zwei Wohnungen zu bezahlen, meine Krankenversicherung und ein paar Kleinigkeiten, der Rest wird seit Jahren von Manfred übernommen!“

Daher wehte also der Wind, der gealterte Pädagoge war zu Saras Melkkuh geworden, und ich erschrak ein wenig. Dies konnte sie von mir keinesfalls erwarten, und als hätte sie die Fähigkeit besessen Gedanken zu lesen, ergänzte sie: „Ich habe jedoch nicht vor, meine Praktiken bei dir fortzusetzen. Mir wäre ohnehin geholfen, könntest du meine finanzielle Gebarung gleich mit übernehmen, da ich mich in Geldangelegenheiten bedauerlicherweise wie ein Kleinkind verhalte.“

Ich saß in meinem Mercedes Benz und fuhr zu meiner Wohnung zurück, wieder hatte ich einen Wesenszug Sara Strommers kennen gelernt, und je mehr ich darüber nachdachte, um so bewusster wurde mir, dass ich dieses Fräulein vielleicht doch verkannt hatte. Mir war eine selbstbewusste Frau wichtig, nur eine solche würde jemals neben mir bestehen können, und ich begann zu zweifeln, dass Sara dieser Rolle gerecht werden würde. Während der Fahrt griff ich zufällig in meine rechte Manteltasche und bemerkte darin ein Stück Papier, das sich vorhin sicherlich noch nicht dort befunden hatte. Ich zog es geschickt heraus, und im

Scheinwerferlicht eines entgegenkommenden Fahrzeugs las ich die Worte:

Ich traue es mich kaum zu sagen, aber ich glaube, ich liebe dich!

Mir wurde trotz der gefallenen Außentemperaturen warm in meinem Aufzug. Ich konnte nicht glauben, was diese Notiz ausdrückte, und nun war ich mir gänzlich sicher, dass es Sara mit uns ernst meinte.

Ich stand vor dem großen Spiegel im Vorraum meiner Wohnung und betrachtete mich darin. Meinen besten Anzug hatte ich hervorgeholt, denn immerhin wollte ich an der Seite von Vera Schlieg nicht wie ein Bettler dastehen. Ich hatte ein Taxi gerufen, und als es an der Wohnungstüre läutete, schlug auch mein Telefon an. Verärgert über die späte Störung in meinen privaten Gefilden riss ich den Hörer aus der Gabel, doch wurde ich umgehend sanfter, als ich Saras Stimme vernahm. „Mein Schatz, ich denke an dich“, sagte sie, „und bitte vergiss auch du mich nicht!“ Versöhnlich stimmte ich in den Chorus ein. „Ich denke ohnehin immer an dich, mein Holci! Vielleicht können wir uns morgen sehen!“ „Ich will dir noch etwas sagen, bevor du dich mit Vera Schlieg triffst“, entgegnete sie, und nach einer kurzen Pause fuhr sie fort: „Du bist mein letzter Gedanke am Abend und mein erster am Morgen, und dazwischen träume ich von dir! Ich hoffe nur, du liebst mich in einem Jahr auch noch!“ Mir standen beinahe die Tränen in den Augen vor lauter Rührung, denn diese Worte hatte ich von einem weiblichen Wesen noch nie gehört. „Mein Holci, du bist die erste Frau in meinem Leben, bei der ich hoffe, dass die Liebe Früchte trägt! Ich weiß nur nicht, ob ich weiterhin diesen hohen Einsatz an Gefühlen zahlen kann, denn solange ein anderer Mann dein Leben bestimmt, vermag ich mich nicht festzulegen!“ Hinzu kam der Umstand, dass der Tag der großen Berufsbefugnisprüfung näherrückte, und ich mir den Kopf so gut es ging freihalten wollte.

Der Abend war eine Sensation und eine organisatorische Meisterleistung, das musste man den Deutschen lassen. Bis ins kleinste Detail war an alles gedacht worden, und man hatte nicht den Eindruck, dass irgendwelche Kontingentierungen oder Kürzungen von Genussmitteln in Kraft standen. Vom edelsten französischen Champagner bis hin zu bulgarischem Rotwein, Kaviar, Austern, an nichts fehlte es. Ich muss an dieser Stelle jedoch erwähnen, dass der Eintrittspreis für eine Karte sich mit 58 Reichsmark auch nicht gerade bescheiden ausnahm.

Vera Schlieg spielte ihre Rolle gekonnt und führte mich in die höchsten Prager Kreise ein. So mancher der Anwesenden musterte mich mit anerkennendem Blick, denn es schien wohl nach außen hin, dass Vera und ich ein Paar bildeten. Mir gingen Saras Worte nicht aus dem Kopf, und ich musste immerzu daran denken, welchen Wertzuwachs an wichtigen Kontakten ich an Veras Seite erlangen konnte, und welch ärmliches und zurückgezogenes Leben mir die Option Sara Strommer bot. Dieser Manfred musste ja ebenfalls ein Paradebeispiel an Langeweile darstellen, und was mir Sara bislang von ihm erzählt hatte, bestätigte nur meine vorgefertigte Meinung.

Gegen vier Uhr morgens kam ich zu Hause an und legte mich sogleich ins Bett. Ein paar Gedanken kreisten noch im Alkoholdunst, dann schlief ich ein. Als ich gegen neun Uhr wegen dringender Geschäfte kurzzeitig mein Schlafgemach verließ, fand ich im Vorraum einen Umschlag auf dem Boden liegen. Jemand hatte mir durch den Türschlitz eine Nachricht eingeworfen.

Ich denke an dich und bin sicher, du kannst dir deinen Einsatz in jedem Fall erhalten. Eigentlich denke ich oft an dich, viel zu oft, fast immer. Ich freue mich, dich heute zu sehen, schicke dir einen Kuss mit in den Tag, SMS

Verliebt versank ich erneut in einen traumreichen Schlaf und stand um die Mittagszeit auf. Während am Herd das Wasser kochte, rief ich Sara in ihrer Prager Wohnung an.

„Guten Morgen, oder besser, guten Mittag, mein Schatz!" sagte sie. Ich brummte noch etwas, doch schnell hatte ich mich gefasst. „Mein Holci, ich würde dich gerne so bald wie möglich sehen, können wir uns nach dem Mittagessen treffen?" Eine kurze Pause folgte. „Das ist leider nicht möglich", antwortete sie, „denn Manfred möchte den Nachmittag mit mir verbringen, und ich habe es ihm bereits zugesagt."

In mir stieg der kalte Hass auf. Am Vormittag noch diese schönen, geschriebenen Worte, und nun folgte die hehre

Absage. Es drängte sich der Eindruck auf, dass Saras Wille, sich des anderen Mannes zu entledigen, doch nicht in der Weise gemeint sein konnte, wie sie es mir gegenüber zum Ausdruck gebracht hatte. „Mein Holci, ich bin kein Substitutionsobjekt, und du solltest dir ernstlich Gedanken darüber machen, welcher Mann in Zukunft eine Rolle in deinem Leben spielen wird!" „Ich verstehe deinen Groll, aber immerhin sind Manfred und ich noch zusammen, und ich kann nicht einfach von heute auf morgen diese Beziehung abbrechen. Das dauert seine Zeit, fünf Jahre sind nicht ohne weiteres wegzudenken." Mir wurde der Mund trocken, denn eine derartige Reaktion hatte ich nicht erwartet. Ich erinnerte mich, dass es ebenso in ihrem wie auch meinem Interesse gelegen war, zueinander zu finden. Welch geheimnisvolle Macht, welchen Einfluss übte Manfred Prock auf meine Sara aus, dass sie sich einfach nicht von ihm lösen konnte?

Ich war glücklicherweise stark genug und hatte nur mehr wenige Worte parat: „Ich wünsche dir einen schönen Tag mit Manfred, und auch die kommenden sollen nicht getrübt sein! Du wirst die nächste Zeit wohl ohne mich planen müssen!" Es kam nur mehr ein „wie du willst" als Antwort, dann legte Sara den Hörer auf.

Das Wasser in der Küche kochte bereits über, doch schüttete ich es achtlos weg, denn der Appetit war mir vergangen. Ich rief meinen Freund František Wolc an, der in Frauenangelegenheiten stets die richtige Antwort wusste. Wir trafen uns im Park Druzby und schlenderten die Wege entlang. Geduldig lauschte er meinen Ausführungen, und nachdem er sich ein Bild von der Lage verschafft hatte, gab er mir folgenden Rat: „Du musst sie vergessen, das wird nichts! Sara ist vielleicht ein wenig verliebt in dich, denn du hast sie aus einem Käfig herausgeholt und ihr ein Stück dieser Welt gezeigt, aber mehr als eine Liebe aus Dankbarkeit ist es nicht. Die Beziehung mit ihrem alten Sud[9] mag großteils Gewohnheit und ohne Zuneigung sein, doch hat er sie in der Hand, weil er sie mies und schlecht behandelt, wie eine masochistische Hure eben behandelt werden will. Sie verträgt kein Glück, und sobald sie merkt, dass sie ein Mann auf Händen trägt, wird sie in diese Beziehung zurückkehren, denn das ist die einzige Lebenssituation, die ihr vertraut ist und mit der sie zurechtkommt." Mein Freund hatte recht, doch das wurde mir bedauerlicherweise erst Monate später bewusst. Anstatt ihm zu danken und seinen Rat zu befolgen, fuhr ich ihm über den Mund und ließ den Vorwurf fallen, dass er gegen mich arbeite.

Ich war versessen auf diese Frau, und genauso wie ihr Manfred es ihr bereitete, gab sie es an mich weiter. Es war eine seltsame Macht des Unterwerfens, die eine Form von Zuneigung aufleben ließ. An sich war ich vor derartigen Gefühlen gefeit. Sara Strommer hatte es jedoch mit ihrem ewig gebückten und unsicheren Verhalten geschafft, einen verborgenen Reiz in mir auszulösen, der mich trotz der subjektiven körperlichen Unattraktivität zu ihrem Beschützer vor bösen Mächten formte.

---

[9] Kaffeesatz

Es war Montag Nachmittag, und ich hatte mich bereits geistig auf die Fortsetzung des Festes vom Samstag eingestellt, als mir meine Sekretärin ein Telegramm in mein Zimmer brachte. Ich wusste auch ohne zu öffnen, von wem es stammte.

Lieber Karel! Ich schreibe dir heute entgegen meinen Prinzipien trotzdem, weil es mir ein Bedürfnis ist zu sagen, dass „wie du willst" keinesfalls heißt, dass mir deine Entscheidung egal ist, dass ich sie aber akzeptiere und verstehe. Vielleicht hilft es auch mir, mir klarer zu werden über meine Wünsche und Vorstellungen von meinem Leben, auch ganz unabhängig von uns. Ich war gestern zwei Stunden im Park unterwegs, ich wollte alleine sein und es hat mir gut getan. Glaube mir aber auch, wenn ich dir sage, dass ich dich liebe und dich in jeder Minute vermisse. Ich wünsche dir für die nächsten Tage das Beste und viel Kraft, um an deinem Erfolg zu arbeiten. SMS

Soso, dachte ich mir, ganz so auf die leichte Schulter nimmt sie es ja nicht, doch ich wollte hart bleiben. Diese Frau musste von selbst erkennen, wie viel ihr der Verlust meiner Anwesenheit bedeutete.

Der Abend mit Ariana Mattner war ebenso fröhlich und unterhaltsam, wie ich es zwei Tage zuvor mit Vera Schlieg erlebt hatte. Es handelte sich an diesem Faschingmontag um den „Ball der Unteroffiziere", und man konnte am Publikum erkennen, dass etwas grobschlächtigeres Volk anwesend war als am „Ball der Offiziere". Den ganzen

Abend über dachte ich nicht an Sara, zumindest vermied ich es nach Gutdünken und freute mich innerlich über meine Kraft, den Verstand über das Herz obsiegen zu lassen.

Am 17. Februar war Fastnacht, und ich beschloss, meine Kanzlei gegen zwei Uhr nachmittags zu schließen. Ich hatte eine Einladung zu einem kleinen Umtrunk in den Räumlichkeiten eines Berufskollegen, der ich gerne nachkam. Als ich durch die Hallen schritt, mit einem Glas Wein in der Hand, und diesen und jenen Bekannten begrüßte, kam ein etwas älterer Herr auf mich zu, der sich als Richter des Kreisgerichtes vorstellte. Ich kannte ihn bereits vom Sehen und wusste um seine Freundschaft zum Gastgeber. „Herr Doktor Moretti", begann er. „Sie wurden mir für einen speziellen Dienst wärmstens empfohlen." Ich drehte mein Glas auf dem linken Handteller. „Dieser Vertrauensvorschuss ehrt mich!" entgegnete ich. „Wie darf ich Ihnen behilflich sein?" Der Richter wandte sich mir ganz zu und schob mich ein wenig in die nächste Ecke. „Hitlerdeutschland …" sagte er und machte einen verstohlenen Blick in alle Richtungen, „… wird es nicht mehr lange geben. Ich habe einflussreiche Freunde in London, und es braut sich etwas zusammen." Ich hörte gespannt zu und hoffte inständig, dass die Wände keine Ohren hatten. „Ich habe in meinem Büro am Gericht ein wichtiges Dokument, welches unbedingt vor Mitte Mai in England sein muss. Würden Sie mir etwas zur Hand gehen? Um unseres Landes Willen?" Ich blickte dem Richter gerade ins Gesicht. „Ich hoffe, dass Ihnen bewusst ist, was Sie von mir verlangen …!" „… um der Tschechoslowakei Willen!" ergänzte er.

Mir waren noch die beiden Verhaftungswellen von 1939 und 1940 in bester Erinnerung, als die Deutschen beinahe die gesamte erste Garnitur der Widerstandsgruppe „Obrana národa“ über die Klinge hatten springen lassen. Mein Lebenswille war übermächtig, und ich verspürte wenig Freude bei dem Gedanken, wegen eines unnützen Aktes der Aufruhr am Galgen zu enden. Dennoch war ich ein Nationalist durch und durch, und obgleich ich den Deutschen das Geld bei jeder Gelegenheit aus der Tasche zog, war mir eine freie Tschechoslowakei bei weitem lieber als der gegenwärtige Zustand.

„Wie gedenken Sie das Schriftstück nach London zu schaffen?“ fragte ich neugierig. Er zog mich näher zu sich. „Im Diplomatengepäck über Lissabon, das ist der übliche Weg.“ Ich staunte ein wenig. „Eine Person mit blütenweißer Weste, furchtlos, unerschrocken und dem Vaterland ergeben“, schmeichelte er mir, „muss den Brief ins neutrale Spanien bringen. Ich kenne eine Adresse in Barcelona. Wenn das Schreiben einmal dort angelangt ist, haben wir unseren Teil geleistet.“

In meiner humorvollen Art gedachte ich ihm den Postweg vorzuschlagen, doch schien der graumelierte Herr nicht an meinen Scherzen teilhaben zu wollen. „Ich ersuche Sie dringlich, Herr Doktor Moretti“, flehte er beinahe, „fahren Sie nach Barcelona, und liefern Sie den Brief ab!“ Dann wandte er sich ab und mischte sich unter die anderen Gäste.

Ich überlegte angestrengt, ob ich es riskieren sollte, auf das Ersuchen einzugehen. Als ich nachdenklich herumschlich, packte mich plötzlich das schlechte Gewissen und die

Sorge um Sara Strommer. Hatte ich sie nicht ein wenig zu hart angepackt, indem ich nichts mehr von mir hören ließ? Mir war unwohl in meiner Haut, und so verließ ich bereits kurze Zeit später den Umtrunk und ging heimwärts. Meinen Wagen hatte ich an diesem Tag vor meiner Kanzlei stehen gelassen.

Ich schlenderte durch die Prager Innenstadt, die gesäumt war mit Nazi-Flaggen, und ich war in meiner Mischung aus Wut und Verzweiflung knapp davor, eine der Fahnen aus der Halterung zu reißen, doch das hätte mit Sicherheit schlimmere Folgen gehabt als der kleine Seelenschmerz, der mich so rasch überfallen hatte.

Ich war schon recht nahe meinem Haus, da querte plötzlich Sara auf einem Fahrrad meinen Weg und hielt an. Ohne verbale Begrüßung fielen wir uns in die Arme, und es bedurfte keiner Worte, um das auszudrücken, was uns in diesen Momenten verband. „Quo vadis[10], mein Holci?“ fragte ich, indem ich meine Lateinkenntnisse auffrischte. „Ich komme soeben von Manfred und sollte mich mit ein paar Freunden treffen. Es ist eine seit Jahren bestehende Runde aus dem Café „Harrac“, das ich zu Schulzeiten öfters aufgesucht habe!“ Nachdem auch ich berichtet hatte, woher und wohin, einigten wir uns auf ein schnelles Gläschen in einem nahen Abendlokal.

„Ich werde dich am Sonntag auf jeden Fall in Breslau abholen!“ sagte ich, und Sara blickte mich aus tiefem Augenwinkel an. „Das wäre sehr lieb von dir!“ Ich konnte mir

[10] lat. „Wohin gehst du?“

in diesen Momenten einen gewissen Sarkasmus nicht verkneifen und ergänzte: „... aber nur für den Fall, dass nicht bereits Manfred zugesagt hat, es anstatt meiner zu tun!" Sara küsste mich und erklärte mir, dass ihr Lebenspartner dies niemals tun würde, denn dafür war er zu bequem und sie zu unwichtig für ihn.

Wir hatten bereits in einem früheren Gespräch die Möglichkeit erörtert, dass ich sie nach Gelsenkirchen begleite, und als sie erneut das Thema zur Sprache brachte, musste ich wieder darauf verweisen, dass es mir die Zeit vor der Prüfung nicht erlaubte, für vier Tage zu verreisen. Ich erkannte in ihren Worten jedoch die ernste Absicht, mich ihren engsten Freunden als neuen Partner vorzustellen.

Als ich zu Hause war, setzte ich mich an meinen Schreibtisch im Wohnraum und begann, einen Brief an Sara zu schreiben. Ich wollte ihr ein paar wichtige Dinge mit auf den Weg nach Gelsenkirchen geben, sie sollte aus meiner Feder lesen, welchen Stellenwert sie in meinem Leben eingenommen hatte. Ich rief die Concierge zu mir hoch und übergab ihr den Brief mit dem Ersuchen, ihn am frühen Morgen des nächsten Tages zustellen zu lassen.

Ich konnte wieder klar denken, das zufällige Zusammentreffen mit Sara hatte einige Missstimmung bei mir ausgeräumt, und es war nun wirklich an der Zeit, meine Gedanken an die Arbeit und die Prüfung auf Hochtouren zu bringen.

Am nächsten Tag rief ich meinen Freund und Berufskollegen Emil Knatec an, der tags zuvor zur kleinen Feierlichkeit geladen hatte, und fragte ihn nach dem älteren Herrn, der sich mir als Richter vorgestellt hatte. „Absolut korrekter Mann!" bekam ich als kurze, dennoch wichtige Information. „Falls du ihn triffst", sagte ich am Ende unseres Telefonats, „so lass ihn bitte wissen, dass ich die Lieferung durchführen werde!"

Am Donnerstag fand ich einen Brief von Sara bei meiner privaten Post zu Hause, und was sie mir schrieb, machte mich noch abhängiger von ihrer Person:

Mein lieber Karel! Dein Brief hat mich doch tatsächlich noch knapp vor meiner Abreise erreicht und ich kann dir gar nicht sagen, wie viel er mir bedeutet. Irgendwie glaube ich auch an diese „Bestimmung". Ich habe noch nie so an eine gemeinsame Zukunft mit jemandem gedacht wie es bei dir der Fall ist, und das geschieht ganz von selbst. Ich liebe dich, ich denke an dich, deine S.

Es war grausam, je mehr Zeit verging und je öfter mir Sara ihre Liebe vorgab, desto hilfloser wurde ich in meinem Handeln und in meinen Gedanken. Sie hatte etwas bewirkt, was in meinem ganzen Leben zuvor noch nie zu spüren gewesen war, und mir wurde Angst und Bang bei dem Vorzeichen, mich in eine Gefühlsfalle hineinzumanövrieren, aus der es kein Entkommen mehr gab. Ich bemerkte jedoch auch meinen Einfluss auf die Person Sara Strommer, denn sie schien endlich auf eine gerade Bahn zu kommen, wo sich die Werte Ethik und Zuneigung für sie neu definierten.

Die nächsten Tage waren glücklicherweise durch mehr Konzentration auf mein Tagewerk gekennzeichnet, und ich bemerkte, dass ich ein größeres Arbeitspensum schaffte, wenn Sara nicht in der Nähe war. Am Freitag wurde mir noch ein kurzes Telegramm aus Leipzig zugestellt, in dem Saras Worte „*Das Maß der Liebe ist die Liebe ohne Maß*" zu lesen waren, ansonsten verlief die Zeit bis Sonntag ohne nennenswerte Höhepunkte.

Ich startete meinen Wagen gegen Mittag, denn ein paar Stunden Fahrzeit hatte ich schon einzurechnen. Nach Breslau mochten es gut 280 Kilometer sein, und ich wollte nicht unpünktlich vor Ort erscheinen. Sara hatte mir gesagt, dass ihr Zug gegen sechs Uhr abends eintreffen würde, und mit etwas Verspätung kam er am Hauptbahnhof an.

Eine kleine Gruppe von sieben Personen machte ich am Bahnsteig aus, unter ihnen befand sich meine große Liebe. Sara lief auf mich zu und ließ mich beinahe umstürzen, so heftig war die Wiedersehensfreude. Ich konnte einem kurzen Gefühlsausbruch nichts entgegensetzen, doch als Saras Freunde um uns standen, hatte ich mich wieder gefasst. Sie stellte mir einen nach dem anderen vor, insgesamt habe ich drei Paare kennengelernt, wobei ich einen Mann unter ihnen als einen früheren Bekannten namens Pietro Grosci wiedererkannte.

Saras Freunde nahmen mich herzlich in ihre Runde auf, und ich fühlte den Stolz meines Holcis, sich mit mir sehen gelassen zu haben. Ein jeder ihrer Freunde wusste von dem ominösen Manfred, doch sichtliche Erleichterung machte sich darüber bemerkbar, dass das liebenswerte Wesen Sara Maria Strommer endlich einen ernstzunehmenden Partner gefunden hatte.

Sara konnte es nicht erwarten, gleich im Wagen ging sie mir an die Kleidung, doch wies ich sie in meiner bescheidenen Art zurück. Enttäuscht verkrümmte sie ihren Körper, hielt dennoch beinahe die ganze Fahrt in Richtung Heimat ihre Arme um meinen Hals geschlungen und schmiegte sich an mich. Es ging über Walbrzych und Jelenia Gora nach Liberec und weiter über ein paar Nebenstraßen nach Česká Lípa.

Während der Fahrt erzählte mir Sara von der Hochzeit und den Gästen dort, dass es für ihren Geschmack etwas langweilig gewesen war und ich ihr sehr gefehlt hatte. „Bleibst du heute Nacht bei mir in Česká Lípa?" fragte sie mich zwischendurch, und ich war versucht, sofort mit „Ja" zu antworten, doch dann besann ich mich und sagte: „Holci, du weißt, wie sehr ich dich liebe und begehre, doch ist der gegenwärtige Zustand nicht mehr erträglich für mich. Du scheinst überhaupt nicht daran zu denken, deine Beziehung zu Manfred zu beenden, vielmehr sonnst du dich in dem Gedanken, zwei Männern zu gehören." Sara wandte sich mir ganz zu und antwortete: „Karel, du bist so wichtig für mich geworden, ich kann ohne dich nicht mehr sein, und ich habe bereits geistig mit Manfred abgeschlossen. In der kommenden Woche, das verspreche ich, werde ich ein klärendes Gespräch mit ihm führen." Ich hatte ein Feuer entfacht, und legte ein Scheit nach, indem ich fortfuhr: „Du hast noch immer die Wahl, und bitte, wähle gut!

Es ist nicht zu spät, um zu ihm zurückzukehren!" Sara legte ihren Kopf auf meine rechte Schulter. „Glaubst du wirklich, ich könnte jemals wieder zu Manfred zurückgehen, seit ich weiß, wie liebevoll ein Mann sein kann?"

Diese Antwort saß, und ich konnte mich des Eindrucks nicht erwehren, dass die Sätze, die Sara mir gegenüber aussprach, in irgendeiner Form einstudiert waren. Was auch immer sie sagte, es passte exakt in mein damaliges Weltbild, und Sara hatte es geschafft, meine am tiefsten verborgenen Wünsche nach außen zu kehren. „Ich war in den letzten Jahren eine Gefangene, jeder Tag schien gleich zu sein", durchbrach ihre Stimme das Dunkel des Wagens. „Heute läuft mein Leben wie ein Film vor mir ab. Bevor ich Manfred kennenlernte, war ich in dieser Beziehung mit Berin, und ich hatte ihn wirklich sehr lieb. Eines Tages ging es jedoch nicht mehr weiter, denn Manfred war bereits derart präsent und hat meine Gefühle zu Berin in Frage gestellt. Als ich es Berin damals klarmachte, dass ich mit ihm nicht mehr konnte, hat er in seiner Verzweiflung seine Sachen gepackt und ist im Regen wie eine streunende Katze herumgelaufen, ohne Ziel und ohne eine Idee, wie es weitergehen soll. Als ich das erfahren habe, ist es mir wahnsinnig schlecht gegangen, denn meine Zuneigung zu ihm kam immer wieder hoch. Ethik und Moral spielten von da an keine Rolle mehr für mich, denn ich nahm mir, was ich bekommen konnte, zudem war Manfred nicht der einfühlsame Mensch, an dessen Schulter ich mich lehnen durfte. Oftmals hatte er mir schon ins Gesicht gesagt, dass er mich nicht unbedingt zum Leben benötigte, und ich wollte gehen. Dennoch ist seine Macht über mich so groß gewesen. Ich gestehe es mir heute ein, diese Lebensbeichte abzulegen, denn du bist ein starker und wunderbarer Mann, und mit dir werde ich es schaffen, der körperlichen Abhängigkeit von Manfred zu entfliehen. Ich bitte dich nur inständig, was auch immer passieren wird: Glaube an mich, glaube an uns!“

Mein Holci hatte tabula rasa gemacht, das imponierte mir. „Sara, ich werde deine Wünsche ernst nehmen, und ich bitte auch dich, an unseren Maximen festzuhalten: Immer offen und immer ehrlich!“ Sie drückte sich noch fester an mich, dass es mir schon schwer fiel, meinen Wagen auf der Straße zu halten, doch tat ihre Zudringlichkeit wirklich gut. „Immer offen und immer ehrlich!“ besiegelte sie meine Worte.

Die Straßenlage um Česká Lípa war wieder katastrophal, überall lag Schnee auf der Fahrbahn, es fehlte offensichtlich an jenen Räumfahrzeugen, die wahrscheinlich gerade vor Moskau und Leningrad die Bahnen säuberten. Ich fluchte, dennoch gelang uns die Vorfahrt zu Saras Dienstwohnung.

Als wir die vier Wände betraten, schlug das Telefon an. Sara wies mich an, ruhig zu sein. Sie hob den Hörer von der Gabel und war im selben Moment erleichtert. „Ja, ich wurde in Breslau abgeholt!“, sagte sie zwischendurch und zwinkerte mir zu. Es war Saras Mutter, und mein Schatz beendete das Gespräch kurz danach. „Einen Anruf noch“, sagte sie dann, „es muss sein!“ Sie wählte eine Nummer und wurde kurze Zeit später mit einem Anschluss in Prag verbunden. Der andere Teilnehmer war ein gewisser Manfred

Prock. Was ich da zu hören bekam, war eine Abfertigung der Extraklasse. In knappen und unfreundlichen Worten erzählte sie ihm von der Hochzeit, dann legte sie auf, um gleich danach über mich herzufallen. Ich löschte das letzte Licht im Raum, denn ich wollte wiederum meinen Phantasien Vorrang vor der für mich unschönen Realität geben.

Wir gaben uns einander hin, und ich genoss die Vereinigung mit Saras Körper sehr. Eine gute Stunde staubten wir so ziemlich jede Ecke der kleinen Wohnung ab, und erschöpft schliefen wir gemeinsam ein. Ich liebte sie, und es war nicht gelogen zu behaupten, dass ich eine derartige Liebe zu einer Frau noch nie zuvor hatte erleben dürfen.

Ich hatte ein wenig verschlafen, denn als ich aufwachte, war Sara bereits angekleidet und fertig, um zur Arbeit zu gehen. Ich räkelte mich auf der Matratze, und Sara drückte mir einen Kuss auf den Mund. „Bleib nur, solange du willst! Ich habe etwas Kaffee bereitet, und nimm einfach, was du begehrst!“ Dann verließ sie die Wohnung, und ich blieb noch eine Weile dort, ehe ich mich aufmachte nach Prag zurückzufahren.

Am Nachmittag trudelte bereits ein Telegramm aus Česká Lípa ein, und wieder erwartete ich lediglich nette Worte:

Mein Lieber!

Ich hoffe, du bist gut in Prag angekommen, du fehlst mir schon jetzt. Das letzte Wochenende und die letzten Stunden sind für mich ganz eigenartig, du hast so von meinem Leben Besitz ergriffen, dass ich mich eigentlich nur mehr an deiner

Seite sehe oder sehen möchte. Das Schreckliche daran ist, dass ich noch keine Ahnung habe, wie ich das in nächster Zeit Manfred beibringe, mir graut davor, aber ich weiß, dass es irgendwie gehen wird. Vergiss mich nicht, ich liebe dich, SMS

Ich hoffe, du weißt, was du zu tun hast, ging es mir durch den Kopf, und setzte meine Arbeit fort. Ab jetzt wollte ich den Dingen ihren natürlichen Lauf lassen, denn schon in wenigen Tagen hatte ich meine schwere Berufsbefugnisprüfung zu bestehen und wollte mir meine Gedanken von Sorgen freihalten.

Ich kam etwa um neun Uhr von einem spektakulären Ritt nach Hause, als sofort nach Betreten der Wohnung das Telefon anschlug. Mein Schatz meldete sich aus Česká Lípa und flüsterte mir zärtliche Worte ins Ohr. Sie hatte sich vorgenommen, in der laufenden Woche ihrem Manfred den Laufpass zu geben, ihn jedoch schonend darauf vorzubereiten.

Aus heutiger Sicht ist mir in jenen Tagen ein schwerwiegender Fehler unterlaufen, indem ich nachsichtig war und Sara kein Ultimatum stellte. Ein schleichendes Entwöhnen bringt üblicherweise nicht den nötigen Erfolg, und ich hegte später noch den Verdacht, dass sie ihren Manfred lediglich mit einer Hinhaltetaktik beschwichtigen wollte. Diese Erkenntnis erlangte ich vor allem durch das Beobachten von Rauchern unter Nikotinentzug. Lediglich ein abruptes Einstellen des Rauchens von Zigaretten bietet entsprechende Erfolge, und nicht etwa ein langsames Herabsetzen der täglichen Dosis.

Ich sprach Sara gut zu und wollte sie auf ihr Treffen mit Manfred am nächsten Tag entsprechend vorbereiten. „Glaube mir, mein Schatz!“ sagte sie. „Ich werde es schon schaffen, denn ich will mit dir zusammen sein und die schrecklichen fünf Jahre vergessen! Ich liebe dich!“

Ich ließ Mittwoch Morgen Sara ein Telegramm an ihre Dienststelle in Prag zustellen, in welchem ich meine Hoffnung ausdrückte, dass sie gut geschlafen hatte. In diesen Worten steckte jedoch mehr die Neugier, wie ihr Gespräch mit Manfred gelaufen war, und so erhielt ich kurz vor Kanzleischluss eine entsprechende schriftliche Antwort:

Leider muss ich dich enttäuschen – geschlafen habe ich gar nicht gut, eigentlich sehr wenig. Geträumt habe ich sehr unruhig, von dir, von Manfred. Gestern war ein schlimmer Abend, weil es Manfred wohl das erste Mal bewusst geworden ist, dass es um unsere Trennung geht. Er war sehr nachdenklich und traurig, und ich bin momentan nicht in Hochstimmung, es geht mir in Wirklichkeit sehr schlecht. Am liebsten würde ich mich zu Hause vergraben. Das Einzige, was mir ein wenig Kraft gibt, ist die Hoffnung, dass alles gut wird mit uns beiden.

Kuss, SMS

Mich stimmte das Schreiben ein wenig traurig, denn die Euphorie für meine Person und die Aussicht, die Fronten zu wechseln, schienen Saras Intentionen entgegenzusteuern. Ich startete einen Versuch und rief sie an. Am Telefon wirkte sie sehr verstört. Ich machte mir ernsthafte Sorgen, dass das Schiff in die falsche Richtung fahren könnte. „Ich habe heute mit meiner fürsorglichen Mitarbeiterin, Frau Ander, über uns gesprochen", berichtete sie mir, „und sie hat mir etwas aus ihrem Leben erzählt. Einige Jahre zuvor, als sie noch jünger und attraktiver war, hat sie in der tschechischen Landesverwaltung gearbeitet, wo unter anderem Fußballspieler der beiden früheren Prager Vereine beschäftigt gewesen sind. Sie hat ihr Glück dort gesucht, aber niemals gefunden, weil sie sich nie richtig entscheiden konnte und immer auf mehrere Männer fixiert war.

So ist sie alleine geblieben und sieht heute wenig Hoffnung, doch noch ihr Liebesglück zu erlangen. Was sie damit zum Ausdruck bringen wollte, war, dass ich die Möglichkeit, die sich mir mit dir bietet, nicht ziehen lassen soll. Karel, es fällt mir schwer, aber am Freitag werde ich meine Beziehung zu Manfred endgültig beenden, und hoffe, dass er hinterher nur mehr eine Erinnerung ist, die in meinem Herzen rasch verblasst!" Ich hatte auf diese Worte keine passende Antwort parat, und je mehr ich darüber nachdachte, umso bewusster wurde mir, dass der Absprung für Sara kein Honiglecken werden würde.

Ich saß am Donnerstag zu Mittag in einem meiner Stammrestaurants in der Prager Innenstadt, als ich meine Freundin Hera Fitzek erblickte. Sie hatte soeben ihren Mittagstisch mit einem älteren Herrn beendet und kam direkt auf mich zu. „Hera, mein Schatz!" sagte ich in meiner üblichen Euphorie. „Schenke mir bitte ein paar Minuten deiner kostbaren Zeit!" Sie blickte auf die Uhr an der Wand, spielte etwas Geschäftigkeit vor, setzte sich dann jedoch auf eine Tasse Kaffee zu mir. „Wie läuft es bei meinem Musketier?“ fragte sie, und ich berichtete ihr die Entwicklung in der Causa „Sara Maria Strommer“ seit unserem letzten Zusammentreffen. Geduldig hörte sie mir zu, dann schüttelte sie den Kopf und warnte mich: „Das ist noch nicht ausgestanden, da werden noch viele Tränen fließen. Bitte, sei auf der Hut, und wenn du Hilfe benötigst, dann ruf mich im Krankenhaus an!“ Sie drückte mir einen Kuss auf die Wange, dann verließ sie das Lokal.

Die Post- und Telegraphenverwaltung im Protektorat Böhmen und Mähren machte in jenen Tagen ein gutes Geschäft mit Sara und mir, denn der beinahe tägliche Schriftverkehr ging ziemlich ins Geld. Ich machte mir weniger Sorgen um meine Portokasse, als vielmehr um die außerordentlichen Ausgaben, die Sara erwuchsen.

Am Donnerstag dem 26. Februar erhielt ich gegen sieben Uhr abends ein Telegramm, das mir an meine Privatadresse zugestellt wurde. Sara schrieb darin:

Für andere Menschen da zu sein, wenn es einem selbst nicht gut geht, ist sehr anstrengend. Ich hoffe, es geht dir gut, und erzähle dir nichts über Risiken bei falscher Ernährung[11]*, nur soviel: Diabetes ist eines davon! Und weil ich dich lieb habe und lange behalten möchte, schelte ich dich dann ein wenig. Sei mir deswegen nicht böse, ich liebe dich und du fehlst mir. Es wäre sehr schön, dich morgen nach der Arbeit noch zu treffen, es hilft mir einfach, dich zu sehen. Das Wochenende muss ich alleine überstehen,*

Kuss, S.

Sara Strommer hätte eine sehr gute Literatin abgegeben, so viel war offenkundig, denn die Art und Weise, wie sie mich bei der Stange hielt, war beeindruckend und imposant. Ihre Worte flossen wie süßer Tran in mein Ohr, und ihre Briefe und Telegramme entzückten meine Augen und mein Herz.

Die entscheidenden Tage standen vor der Tür. Freitag Nachmittag besuchte mich Sara in der Kanzlei, und als ich mich anschickte, zu meinem Pferd zu fahren, verließ sie mich, um bei ihrem Manfred die Absolution zu vollziehen. Ich nahm mir vor darauf zu warten, dass sie sich wieder melden würde, und plante das Wochenende ohne Sara.

Am Samstag war ich bei meinen Eltern eingeladen; meine Mutter war eine begnadete Köchin. Es tat mir gut, nach vielen Tagen wieder Zeit mit der Familie zu verbringen. Nach dem pompösen Mittagsbraten erzählte ich meinen Eltern von meiner Liebe zu Sara. Sie hörten mir gespannt zu, denn in meinen Worten lag eine Begeisterung, die ich wohl selten für ein weibliches Wesen aufgebracht hatte. Als ich auch darüber berichtete, dass Sara als Pädagogin in Česká Lípa tätig war, bekam ich zu hören, dass eben der Vorstand des dort ansässigen Sonderkrankenhauses ein Freund meines Vaters aus Schultagen war.

Ich war Sara Strommer bis zu jenem Tag im Dezember 1941 nicht begegnet, doch immer mehr Gemeinsamkeiten

---

[11] Sara hatte eine Idealvorstellung von Ernährung, welche in den Jahren 1939 bis 1945 aufgrund der begrenzten Lebensmittel nicht zu vollziehen war. Sie beklagte sich jedoch öfters über meine angeblich unsachgemäße Nahrungszufuhr, die entsprechende gesundheitliche Schäden nach sich ziehen konnte.

und Parallelen traten hervor – eine günstige Voraussetzung für eine gemeinsame Zukunft, sofern man bereit war, sie zu nutzen.

Ich hörte das Telefon klingeln; es war Sonntag morgens. Ein Blick auf die Uhr verriet mir, dass es erst kurz nach sieben war. Wer würde mich um diese Tageszeit wegen einer Lappalie stören? Schlaftrunken wankte ich durch meine Wohnung und nahm den Hörer von der Gabel. Es war Sara, die mich aufgeregt bat, am Abend zu ihr zu kommen, jedoch nicht weiter auf irgendwelche Details einging.

Ich verbrachte den Tag hinter meinen Büchern, denn der 4. März war nicht mehr fern. Meine Konzentration auf den prüfungsrelevanten Stoff war mehr als gestört, denn das seltsame Verhalten Saras am Telefon ließ bei mir die Alarmglocken läuten.

Gegen sieben Uhr am Abend war ich bei ihr, und mit zitternden Knien stieg ich die Stufen zu ihrer Wohnung empor. Die Außentüre war lediglich angelehnt. Nach einem Klopfen der Höflichkeit halber betrat ich die kleine Wohnstätte.

Sara saß in der Küche. Ich erblickte sie erstmals mit einer Zigarette in der Hand. „Mein Holci, wie geht es dir?“ begann ich und setzte mich neben sie. Sara zog an ihrem glimmenden Tabakstengel, blickte nach unten und antwortete: „Karel, du wirst mich jetzt wahrscheinlich hassen, doch es geht nicht …!“

Für mich war momentan alles glasklar. Zuerst die große Palastrevolution anzetteln, und sie dann nicht durchziehen, so sah ich den Sachverhalt und sprang empört auf. Sie versuchte mich noch zurückzuhalten, doch fuhr ich sie an: „Geht doch nicht so leicht, sich von alten Gewohnheiten zu trennen, oder? Danke, dass du dieses Theater drei Tage vor meiner entscheidenden Berufsprüfung abziehst!" Ich schnippte ihr noch mit dem rechten Zeigefinger über die linke Backe und sagte: „Wäre ja auch zu schön gewesen!" Dann verließ ich die Wohnung ohne mich einmal umzusehen und lief enttäuscht und traurig die Stiegen hinunter. Was hatte sie mir da angetan? Meine natürliche Aversion gegen die Eigenheiten der Frauen erreichte einen neuen Höchststand, und ich war mir an jenem Abend sicher, diese Schmierenkomödie mit Sara Maria Strommer zu beenden. Ich hatte zu viele Gefühle investiert, und eine Frau, die mich nicht einmal körperlich reizte, sollte nicht das Gefühlsleben eines Dr. Karel Moretti zerstören können.

Im Wagen sitzend überlegte ich krampfhaft, welcher meiner Freunde mir für den Abend Trost spenden konnte, und so fuhr ich zur Wohnung meines Freundes František. In heller Aufregung klopfte ich an seine Türe. Kurze Zeit später öffnete er mir. „Um Gottes Willen!" begann er. „Ist etwas geschehen? Ist die Gestapo hinter dir her?" Ich verneinte eindringlich und bat ihn um Einlass.

František hatte sich bereits für die Nacht eingerichtet, doch mir zuliebe zog er noch einmal Straßenkleidung an, und wir stapften durch den Schnee im Prager Stadtteil Vrsovice. Peinlich genau berichtete ich ihm die Vorkommnisse der letzten Tage und das Verhalten Saras an diesem Abend. Er schüttelte andauernd den Kopf und kam schließlich zur Conclusio: „Sie wird ihn nie verlassen. Du hattest vielleicht vor vier Wochen die Möglichkeit, sie in ihrer Euphorie zu nötigen, doch das Pulver ist verschossen. Sie tanzt dir auf der Nase herum, und sie ist nicht ehrlich, sie war es von Anfang an nicht. Ich bin überzeugt davon, dass sie bis zur letzten Woche mit dem Alten das Bett geteilt hat. Frauen sind gewissenlos und durchtrieben, und du hast es nicht verdient, dich von einer schmutzigen Pädagogenhure so behandeln zu lassen!"

Ich liebte Sara sehr, und ich fiel František nicht ins Wort. Er hatte sicherlich recht mit seinen Ausführungen, doch konnte ich schwer glauben, dass Sara mir nicht die Wahrheit sagte, wo wir uns doch eindringlich Offenheit und Ehrlichkeit geschworen hatten. Mir halfen die gutgemeinten Ratschläge meines Freundes, und er bot mir an, in seiner Wohnung zu nächtigen. Ich würde wahrscheinlich zu viel über die Angelegenheit sinnieren, doch schlug ich sein Angebot aus. In meinen eigenen vier Wänden fühlte ich mich wohler.

Ich schlief relativ gut, denn Wut konnte und kann in mir sehr viel kompensieren. Nach meiner Morgentoilette und dem Ankleiden verließ ich meine Wohnung, als mir vor der Türe ein Umschlag auf dem Boden auffiel. Ich hob ihn hoch und sah, dass er an mich gerichtet war. Zwar hatte ich es schon ein wenig eilig, denn ein Berufskollege wartete auf der Prager Universität auf mich, um gemeinsam relevante Fragen für die Berufsbefugnisprüfung am 4. März durchzuarbeiten, doch ging ich zurück in meine Wohnung und öffnete den Brief:

Du hast mir nicht zugehört und die Dinge verdreht. Ich habe dich nicht vergessen, und auch nicht davon gesprochen, mich zu verabschieden, ich wollte eine Zeit lang alleine sein, das ist alles. Allerdings bin ich ein wenig erschüttert und irritiert, dass du mich derart behandelst, nachdem du mich doch besser kennen müsstest. Wenn nicht alles gleich so geht, wie du willst, kehrt sich die Liebe offensichtlich schnell in Hass um, beeindruckend! Dass ich mich nach vier[12] *Jahren nicht sofort von Manfred getrennt habe, spricht doch wohl nicht nur gegen mich. Faktum ist jedoch, dass ich es getan habe. Du zeichnest ein Bild von mir, das ich nicht bin, aber wenn es dir hilft, dir das einzureden, kann ich nichts dagegen tun. Es heißt jedoch auch für mich, dass mein Zögern vielleicht doch nicht ganz falsch war.*

Mir blieb wieder einmal die Luft weg, denn das waren fehlplatzierte Worte. Sara brauchte sich jedoch nicht einen Berg darauf einzubilden, ihre Beziehung zu Manfred beendet zu haben, denn all ihre verbalen Zärtlichkeiten und die körperliche Liebe mit mir während aufrechter Bindung reihten sie nicht gerade in die Riege der treuen und heiligen Frauen dieser Welt.

Ich stieg in meinen Wagen und fuhr zur Universität. Mein Kollege und Freund wartete bereits auf mich, und obgleich

[12] Möglicher temporärer Irrtum, der durch die Erregung während des Schreibens aufgetreten ist.

die Vorbereitung auf die Prüfung im Moment das für mich vordringlichste Kapitel hätte darstellen sollen, konnte ich mich gegen das schlechte Gefühl in der Magengrube nicht zur Wehr setzen.

Ich hieß meinen Lernpartner, den Vormittag alleine zu verbringen, und redete mich auf eine heranziehende Verkühlung aus. Es mochte schon sein, dass ich mich nicht wohlfühlte, doch hing dieses schlechte Gefühl mit meiner Herzensangelegenheit zusammen. Ich beschloss kurzerhand, nach Česká Lípa zu fahren und Sara zur Rede zu stellen.

Die Straßen waren voller Schnee. Ich kam nur langsam vorwärts, hie und da erblickte ich Kontrollposten der SS, doch diese ließen mich ungehindert passieren.

Etwa gegen zehn Uhr kam ich in Česká Lípa an und fuhr auf direktem Wege zum Sonderkrankenhaus. Ich spürte die Wut und die Verzweiflung in mir. Ich hatte mir kein Konzept zurechtgelegt, was ich Sara alles an den Kopf werfen würde.

Am Eingang zur Heilstätte saß ein freundlicher, körperlich behinderter Mann, der mich höflich nach meinem Begehr fragte. Ich antwortete ihm, dass ich Sara Strommer suchte, und er hängte sich umgehend in das hausinterne Telefonnetz, um nach dem Stachel in meinem Fleisch zu suchen. „Bitte, nehmen Sie kurz Platz!“ deutete er auf eine Sitzgruppe im Eingangsbereich. „Sie wird gleich kommen!“ Ich winkte ab, bedankte mich für seine Bemühungen und beschloss, Sara ein Stück des Weges entgegenzugehen, denn ich wusste, dass sich am anderen Ende des Gebäudes ihr Arbeitsraum befand.

Am langen Gang, der zwei Trakte miteinander verband, trafen wir uns, und sie lächelte mich schon von weitem an. Ich wollte stark sein, doch es übermannte mich ein Gefühl der Traurigkeit, gegen das ich keine Medizin fand. „Was fällt dir ein?“ sagte Sara sorgenvoll. „Wie kannst du bei diesen Witterungsverhältnissen den Weg hierher machen?“ Ich fiel ihr um den Hals und brachte kein klares Wort heraus. „Sara, ich weiß nicht, wie es weitergehen soll. Du bist meine große Liebe, und es schmerzt mich so unendlich, dass noch immer dein Manfred zwischen uns steht!“ Sie richtete meinen Kopf auf und blickte mich an. „Das ist nicht wahr, es ist zu Ende.“ „Wir müssen darüber sprechen“, entgegnete ich, „dieser Zustand ist für mich untragbar.“

Sara erklärte mir, dass sie erst gegen fünf Uhr Nachmittag von der Dienststelle wegkonnte, und übergab mir den Schlüssel zu ihrer Wohnung in Česká Lípa. „Ich werde auf dich warten“, sagte ich, küsste sie und entfernte mich.

Der Tag war eine schlimme Qual, denn ich wusste ja nicht, was mich am Abend erwartete. Ich hatte meine Prüfungsunterlagen bei mir, doch fand ich keine Ruhe, um mich auf die einzelnen Rechtskapitel zu konzentrieren. Viele Male verließ ich die Wohnung, um eine Runde durch die Stadt zu gehen, und die Zeit schritt und schritt nicht voran.

Endlich war es fünf geworden. Ich saß am Sofa in der Wohnung, dort, wo Sara und ich uns erst eine Woche zuvor so heftig geliebt hatten. Ich zog meinen Mantel über und ging ihr ein Stück des Weges entgegen, nach etwa fünfhundert Metern traf ich sie.

Ich versuchte, meinen Arm um sie zu legen, doch kam sie mir etwas abweisend, und so gingen wir nebeneinander zu ihrer Wohnstätte zurück. Nachdem wir es uns gemütlich gemacht hatten, begannen wir eine etwa zweistündige Diskussion über das, was bereits geschehen war, und wie die Zukunft aussehen sollte. Sara machte mir einen Sack voller Vorwürfe, großteils Schutzbehauptungen, um ein Argument zu haben, sich nicht gleich mir hingeben zu müssen.

Sie schlug eine Lockerung der Bande vor, um sich etwas Luft zu verschaffen. Ich stimmte halbherzig zu, denn zwei Tage vor meiner entscheidenden Berufsbefugnisprüfung wollte ich jeden Zwist vermeiden und täuschte absolute Kompromissbereitschaft vor. Nach dem Mittwoch würde ich ihr mein wahres Gesicht zeigen und mich nicht mehr derart an der Nase herumführen lassen.

Wir küssten uns inniglich, dann verließ ich die Wohnung. „Ich liebe dich sehr, mein Holci!“ sagte ich zum Abschied. „Ich müsste lügen, wenn ich es nicht genauso empfinden würde!“ war ihre Antwort. „Vergiss es nicht: Das Maß der Liebe ist die Liebe ohne Maß!“ Ich hörte die schönen Worte, dann schloss ich die Tür von außen.

Ich kam recht gut und sicher in Prag an; irgendwie war mir um einiges leichter, nachdem ich mich mit Sara ausgesprochen hatte. Ein einigermaßen klares Bild der Sachlage zeichnete sich in meinem Kopf ab, und ich hatte ja den Trumpf in der Hand, dass sie mich liebte, was für mich vieles einfacher machte.

Am Dienstag Nachmittag fuhr ich mit meinem Wagen nach Linz. Es war eine relativ unkomplizierte Strecke, und die Straßen waren gut geräumt. Ich passierte Benešov, Tabor und Budejovice, danach war es nur mehr ein Katzensprung in die Stadt, die der Führer so liebte. Linz sollte nach seinen Vorstellungen ein neues Kulturzentrum des Reiches werden, um dem großschnäuzigen Wien einen Denkzettel zu verpassen, jener Stadt, die ihn Anfang des Jahrhunderts so kläglich hatte scheitern lassen.

Ich nahm mir ein Hotelzimmer am Linzer Bahnhof, denn von dort war es nicht weit bis zu den Prüfungsräumlichkeiten des „Reichsrechtsamtes Ostmark, Außenstelle Linz". Ein abendlicher Spaziergang ließ mich in meinem Gedächtnis noch einmal die wichtigsten Kapitel des Prüfungsstoffes Revue passieren, dann begab ich mich zu Bett.

Wilde Träume jagten mich, ich schreckte nächtens mehrmals hoch. So besonnen ich mir untertags vorkam, Sara Strommer beherrschte die Nacht, und ich träumte von ihr und Manfred, immer dieses grässliche Bild vor Augen, das ich in ihrer Wohnung gesehen hatte. Entsprechend gezeichnet wachte ich frühmorgens auf, und ich spürte in mir eine Ignoranz und Gleichgültigkeit die Prüfung betreffend.

Nach dem Frühstück verließ ich mit einem Gesetzestext, der Waffe des Juristen, unter dem Arm das Hotel und machte mich per pedes auf den Weg in Richtung Reichsrechtsamt in der Linzer Innenstadt. Mir fiel auf, dass man in der Ostmark nicht diese ewig lauernde Gefahr und Bedrängnis spürte, wie es in der ehemaligen Tschechoslowakei der Fall war. Hie und da war ein Angehöriger irgendeines

Wehrmachts- oder SS-Verbandes zu sehen, doch schien der Krieg bis hierher noch nicht vorgedrungen zu sein. Linz genoss den Status eines Provinznestes und schien sich sicher zu fühlen, obgleich potenzielle Bombenziele auszumachen waren, wie etwa die Hermann-Göring-Werke, welche wichtige Chemieprodukte in das Reich lieferten.

Ich musste in einem kleinen Warteraum Platz nehmen, und gegen neun Uhr wurde mein Name aufgerufen. In einem prächtig eingerichteten Raum thronte hinter einem langen Tisch eine fünfköpfige Prüfungskommission, gespielt grimmige Gesichter aus ehrenwerten Juristenkreisen Deutschlands. Der Vorsitzende wies mich an, auf einem Stuhl vor ihnen Platz zu nehmen, und ich erwartete in Kürze die erste Frage. „Dr. Moretti! Ein ungewöhnlicher Name für einen tschechischen Protektoratsangehörigen …“, eröffnete der Vorsitzende die Prüfung. Ich winkte ab, um etwas Leichtigkeit in die angespannte Atmosphäre zu bringen, und antwortete in frecher Weise: „Seit einigen Jahren vereint uns doch eine Macht im Lande, und in einem Vielvölkerstaat wie Hitlerdeutschland kommt es schon vor, atypische Namen von Volksgenossen vorzufinden. In meinem Fall wäre es wohl vermessen, einen sonderbaren Fremdklang kritisch festzustellen, denn wer von uns würde es wagen, offen die Familiennamen im Lande des Führers Freund, Benito Mussolini, zu verspotten?“ Zwei der Prüfungskommissare lachten sich in den Talar, der Rest einschließlich des Vorsitzenden blieb mit versteinerter Miene sitzen.

Die Fragen kamen von links und rechts, ich musste zu der „Verbrauchsregelungs-Strafverordnung von 1940“, dem „Gesetz zur Überleitung der Rechtspflege auf das Reich“ und den Änderungen im „Österreichischen Strafgesetzbuch von 1852“ seit dem Anschluss an das Deutsche Reich Rede und Antwort stehen. Ich war auf die Prüfung gut vorbereitet, doch je länger das Gespräch seinen Verlauf nahm, desto unkonzentrierter wurde ich und begann, meine Gedanken nach Hause zu senden. Ich dachte an Sara, und wie ein Krebsgeschwür wurden die Erinnerungen an die letzten Wochen unaufhaltsam größer und größer. Mir unterliefen Fehler in meinen Ausführungen, ich verwechselte einzelne Paragraphen, und als mir partout das Standardwerk des deutschen Juristen und Generalgouverneurs Dr. Hans Frank nicht einfallen wollte, ließ der Vorsitzende die Prüfung beenden und ersuchte mich, erneut in dem kleinen, mir bereits vertrauten Raum Platz zu nehmen, um das Beratungsergebnis der Kommission abzuwarten.

Es kam, wie es kommen musste. Mit drei gegen zwei Stimmen hatte die Prüfungskommission gegen mich votiert, und der Vorsitzende drückte mir ein Schreiben in die Hand, wonach ich nach Ablauf von zehn Monaten erneut zu dieser Prüfung antreten konnte. Mit hängendem Kopf verließ ich die Räume des Reichsrechtsamtes und ging zum Hotel zurück. Ein erfolgsverwöhnter Mensch wie ich hatte eine schwere Niederlage einstecken müssen, denn war ich mir im Februar noch absolut sicher gewesen, diese für mich wichtige Prüfung zu bestehen, so stand ich nun vor einem großen Scherbenhaufen – ich hatte mein berufliches Ziel verfehlt, konnte damit weiterhin nur Provinzfälle übernehmen, und die Frau meines Lebens verloren, zumindest empfand ich es so an jenem 4. März 1942.

Ich versuchte vom Hotel aus eine Verbindung nach Prag zu bekommen, und telefonierte alsbald mit meinem Vater. Anschließend ließ ich mich in das Amt verbinden, in dem Sara ihren Dienst versah, und als ich sie nicht erreichen konnte, hinterließ ich ihr eine kurze verdeckte Notiz: Operation Linz nicht erfolgreich!

Auf der Fahrt zurück nach Prag plagten mich viele Gedanken, ich war wie paralysiert, denn der augenblickliche Zustand verhieß nichts Gutes für meine nähere Zukunft. Ich war gewohnt, dass alles wie geschmiert von der Hand ging. Erstmals hatte ich beruflich und privat versagt, in mir steckte der Gedanke, alles für mich Wichtige verloren zu haben.

Den Abend verbrachte ich bei meinem Pferd. Als ich danach noch kurz bei meiner Kanzlei vorbeifuhr, um nach dem Rechten zu sehen, fand ich eine kleine Notiz, die persönlich abgegeben worden war, auf meinem Schreibtisch:

Der Misserfolg bei der Prüfung macht deinen Wert nicht aus. SMS

Wie recht sie eigentlich hatte! Da ich mir keine weiteren kurzfristigen Ziele gesteckt hatte, in welche ich meine Kraft investieren musste, fasste ich an jenem Abend einen Entschluss, der mir wieder Oberwasser verschaffen sollte. Ich würde Sara ein Ultimatum stellen. Es ging nicht an, dass sie in unser beider Leben die Richtung vorgab. Meine Liebe zu ihr wollte ich hintanstellen, mein Lebensgeist musste wieder hervortreten, ich konnte diese drückende Lethargie nicht länger ertragen. So setzte ich mich an meinen Schreibtisch und verfasste einen Brief, der Sara vor die Wahl stellen sollte:

Meine liebe Sara!

Seit Tagen beschäftigen mich viele Dinge, die endlich ausgesprochen werden müssen, und anders nicht aus mir herauskönnen. Du hast dich in mich verliebt, und ich mich in dich – anscheinend sehr ungleich, denn was ich derzeit fühle, kann sich kein Mensch ausmalen. Wir haben über eine gemeinsame Zukunft gesprochen, über unsere, und nun sitze ich auf einem Scherbenhaufen, da du der Beziehung nachtrauerst, die du meinetwegen beendet hast.

Ich habe dir mein Herz zu Füßen gelegt, und mir innerlich geschworen, für dich zukünftig dazusein, dich zu lieben und zu ehren, und mit dir einen gemeinsamen Weg zu gehen. Dein Manfred hat dir das nicht in Aussicht gestellt, und trotzdem hängt dein Herz so tief drinnen, da du dich in diesen Augenblicken nur an schöne Momente erinnerst, die es zweifelsohne in jeder Beziehung gibt oder gegeben hat.

In den letzten Wochen habe ich zurückgesteckt, wo es nur ging, habe deinen gemeinsamen Urlaub mit Manfred übertaucht, darüber hinweggesehen, dass du selbst, nachdem wir uns zum ersten Mal körperlich geliebt hatten, noch immer zu ihm gegangen bist, und jetzt soll ich deinen Vorstellungen entsprechend einfach warten, bis du über alles erhaben bist. Sara, ich kann nicht mehr, es wäre an der Zeit, dass du auf mich ein wenig Rücksicht nimmst, und nicht immer auf dich, das auch unter der Prämisse, dass du mich liebst, wie du es oftmals geschrieben und ausgesprochen hast. Ich wollte diese schwere Zeit mit dir gemeinsam durchstehen, um dann all das zu unternehmen, was wir uns vorgenommen haben – eine schöne und harmonische Beziehung, doch wie es aussieht, ist dein Klammern an der alten Beziehung schwerwiegender als alle schönen Momente, die wir voraussichtlich nicht mehr gemeinsam erleben werden.

Sara, du bist in meinem bisherigen Leben die größte Liebe, die ich hatte, und dennoch erlebe ich eine Behandlung, wie ich es nicht verdiene. Ich habe dir in keiner Weise weh getan, war immer für dich da, und du lässt mich einfach abbeißen, weil du das, was du nicht mehr wolltest, nun doch wieder willst.

Ich kann nicht mehr meine Gedanken den ganzen Tag kreisen lassen, und muss dir zu meinem Bedauern eine Entscheidung abverlangen: Du kannst wählen zwischen Manfred und mir oder keinem von uns, wenn dir nach einem Dasein alleine ist, doch in dieser Weise geht es nicht mehr weiter. Ich weiß genau, dass mich eine Absage deinerseits viel Kraft kosten wird, doch ist mir in diesem Fall die Gewissheit lieber als die verdammte Ungewissheit und das Warten. Ich liebe dich sehr, mein Schatz, und werde dich sicherlich nie vergessen!

Möglicherweise waren wir zur falschen Zeit am falschen Ort,

Dein Karel

Ich las mein Werk zweimal durch und war sehr zufrieden mit mir. Einerseits liebte ich meinen Schreibstil, der immer alles auf den Punkt brachte, ohne entsprechende Seitenhiebe zu vergessen, andererseits tat mir die Entscheidung wohl, die Komödie mit Sara Maria Strommer einem Ende zuzuführen. Sollte sie doch zu ihrem alten Pädagogen zurückkehren und sich weiterhin von ihm schikanieren und unterdrücken lassen, es durfte nicht mehr mein Problem sein.

Ich gab diesen Brief noch zur Spätausleerung auf, was mich zwar die doppelte Frankatur kostete, mir aber die seelische Erleichterung wert war. Sara würde an diesem Schreiben sicherlich zu beißen haben, doch war ich mir sicher, an Manfreds Schulter konnte sie sich ungehindert ausweinen, sofern es nicht Donnerstag war, wo er sich bei einer anderen Frau vergnügte.

Der nächste Tag begann sehr fröhlich für mich, nach Wochen des Unbehagens fühlte ich mich wieder frei und stark, zudem wusste ich, dass Sara meinen Brief lesen würde, sofern die Post- und Telegraphenverwaltung keine Zustellverzögerung aufwies.

Viele Bereiche des täglichen Lebens litten unter der Besatzung der Deutschen, doch in gewisser Weise hatten unsere neuen Herren etwas frischen Wind ins Land gebracht. Alte und verkrustete Strukturen in der Verwaltung waren aufgebrochen worden, und die Liebkinder von Dr. Beneš waren entweder von selbst gegangen oder von den Deutschen entfernt worden – in welcher Weise, das wollte ich zu jener Zeit nicht laut mutmaßen.

Die deutschen Soldaten standen tief in Russland, hatten Kiew und Minsk hinter sich gelassen und machten sich auf nach der Kaspischen See zu den kaukasischen Erdölfeldern. Der einfache Frontsoldat war in seinen Wünschen und Begierden durch die Entbehrungen des sibirischen Winters 1941/42 recht kleinlaut geworden, doch die täglichen Mahlzeiten und Nachrichten aus der Heimat waren für die Moral in der mittlerweile vom Blitzkrieg zum Stellungskrieg mutierten Auseinandersetzung mit den Bolschewisten lebensnotwendig. Aus diesem Grunde funktionierte das Postwesen beinahe im gesamten Reich reibungslos, Soldatenbriefe von der und in die Heimat wurden nach einem strikt vorgegebenen Weg in das zivile Postnetz eingeführt oder aus diesem herausgelöst, und auch die Zivilbevölkerung konnte ihren Nutzen aus diesen infrastrukturellen Gegebenheiten ziehen. So kam es zeitweise vor, dass im Mutterland bis zu acht Mal, in den besetzten Gebieten bis zu sechs Mal am Tag Poststücke zugestellt wurden.

Den Abend verbrachte ich mit einigen Kollegen aus dem Reitclub, und ich erkannte mich selbst nicht wieder. Der Umstand, dass ich mich geistig von Sara Strommer lösen konnte, ließ mich prächtig aufleben. Aus welchem Grund sollte ich Gedanken an ein geistig verwirrtes Weib verschwenden, das mich körperlich überhaupt nicht reizte, und in Selbsterkenntnis ihrer mangelnden Fraulichkeit an ihren Gewändern stets Auspolsterungen vornahm, um nicht mit einem Sänger eines Knabenchores verwechselt zu werden? Ich scherzte und lachte an diesem Abend. Insgeheim erfreute ich mich auch an dem Gedanken, dass Manfred

Prock an diesem Abend wieder sein Schäferstündchen hatte und sich Sara darüber sicherlich maßlos ärgerte.

Am Freitag suchte mich ein neuer Mandant auf. Er hieß Jacques Tirar, war Vichy-Franzose und seit etwa einem Jahr in Prag ansässig. Über die Empfehlung seiner Lebensgefährtin Clarissa Iron, die ich schon viele Jahre kannte, war er zu mir gekommen. Er hatte ein rechtliches Problem, das ihn an der Fortführung des Betriebes seiner Eltern hinderte. Aufgrund der nicht bestehenden Dringlichkeit und der Nähe zu Clarissa bat ich ihn, unser Gespräch auf das Wochenende zu verlegen, da ich meine alte Freundin nur zu gerne wiedergesehen hätte. Jacques willigte gerne ein. Wir vereinbarten ein Treffen für Sonntag Mittag in dem mir angestammten Café „Promenade" an der Mala Strana.

Gegen Mittag brachte ein Bote die Post, und meine Sekretärin legte mir alles fein säuberlich auf den Tisch. Einen Brief hatte sie nicht geöffnet, denn sie kannte bereits die Handschrift des Absenders. Beim Ablegen der Poststücke zwinkerte sie mir in ihrer jugendlichen Art keck zu.

Ich nahm den Brief als erstes in die Hand, und schadenfroh dachte ich mir, dass Sara es wohl bereits zutiefst bereut hatte meine Herrlichkeit auf Erden derart schlecht behandelt zu haben. Dann las ich:

Ich habe befürchtet, dass alles so kommen wird. Wenn du empfinden könntest, wie ich mich im Moment fühle, würdest du vielleicht deine Unterstellungen aufgeben, dass ich alles nur tue, um dir wehzutun. Deine Reaktionen haben mich er-

schreckt und einen Schritt zurückgeworfen, denn sehr wichtig für eine Beziehung ist doch auch, dass man mit Problemen und Krisen und Konflikten, die man miteinander hat, anders umgeht. Du unterstellst mir ständig einen Vorsatz, was ich dir alles antue. Ich weiß, dass es unglaublich schwer ist, aber AUCH FÜR MICH! Ich mache das nicht absichtlich, ich möchte mit dir frei in eine Beziehung gehen können, und wenn sie vielleicht ein Leben lang dauern soll, kann es doch nicht um Wochen gehen, die ich vielleicht jetzt noch brauche! Wenn du nun alles hinwerfen willst, dann hast du die Entscheidung getroffen, und ich verstehe deine Motive, aber in eine für mich derart wichtige Entscheidung kann ich mich nicht drängen lassen. Ich möchte eine Beziehung nicht mehr „ausprobieren", ich möchte bedingungslos dahinterstehen.

Wir hätten gute Chancen gehabt, meine Zukunftsvisionen waren echt, ich wollte meinem Gefühl einfach noch mehr Sicherheit geben und meine „Trauerarbeit" über die andere Beziehung nicht in unsere hineinschleppen. Ich dachte, wir schaffen das, du schaust nur auf dich und deine Vorhaben, ich nehme mir Zeit für mein Innerstes. Wir hatten beide das tiefe Vertrauen, dass wir das schaffen, du hast es offensichtlich nicht mehr. Es geht für mich nicht mit Druck, das heißt jedoch nicht, dass ich deine Entscheidung nicht auch verstehe. Alles Gute, du weißt, wie viel du mir trotzdem bedeutest, wenn du in dein Herz hörst und nicht versuchst, dir etwas einzureden. Wenn du irgendwann in deinem Leben dahinter kommst, dass du in einer Ecke deines Herzens noch an mich denkst, auch wenn du mich jetzt in dir sterben lässt, dann gehe davon aus, dass auch du noch in meinem Herzen sein wirst.

Das mit dem Sterben funktioniert bei mir nicht, ich will es auch nicht.

Gute Vorsätze ade! Sara Strommer hatte exakt den Wortlaut gewählt, der mich auf den Plan rief und alle kurzfristig gezimmerten Zukunftsvisionen über Bord warf. Hatte ich mich tatsächlich so in ihr getäuscht und ihr falsche Wesenszüge angedichtet? Ich schämte mich vor mir selbst, denn dieser Brief war der eindeutige Beweis dafür, dass es Sara Maria Strommer ernst meinte, mir ihr Herz bedingungslos anvertraut hatte und nichts mehr wollte, als nur mit mir zusammenzusein. Ich konnte mir beim besten Willen nicht vorstellen, dass eine dreißigjährige Frau solche Worte zu Papier bringen konnte, ohne sich der Konsequenzen bewusst zu sein. Ja, mein Schatz, dachte ich mir, ich will für dich da sein, und unsere Liebe soll ewig dauern!

Hätte mir zu diesem Zeitpunkt jemand vorausgesagt, dass ich mich gehörig täuschte, er wäre als Lügner gescholten worden. Ich war mir zum ersten Mal ganz sicher, dass Sara das wollte, was sie mir geschrieben hatte.

Mein hartes Herz war butterweich geworden, ich zitterte. Ich hob den Hörer von der Gabel und ließ mich mit dem Sonderkrankenhaus von Česká Lípa verbinden. Als ich Sara in der Leitung hörte, entschuldigte ich mich für mein herzloses Verhalten und die harten Worte in meinem Brief vom Mittwoch, und sie eröffnete mir die Bitte, mich in meiner Wohnung am frühen Abend aufsuchen zu dürfen.

Unterwegs besorgte ich eine rote Rose, denn ich wollte Sara gebührend empfangen. Gegen sechs Uhr kam sie zu mir. Zwischen uns herrschte Harmonie wie schon lange nicht. Unentwegt küsste und liebkoste sie mich, und wir besiegelten an diesem Abend das Vorhaben, zusammenbleiben zu wollen. Ich dachte nicht mehr daran, wie wenig sie mich körperlich reizte, denn meine tiefe Liebe zu ihr übertünchte alle irdischen Nebensächlichkeiten, die man im Bedarfsfalle sogar kaufen konnte.

„Ich werde die nächsten beiden Tage sehr wenig Zeit haben dich zu sehen", sagte sie zwischendurch, und ich war versucht, einen Protest anzustimmen, doch die Erklärung folgte auf dem Fuße. „Am Samstag und am Sonntag unterrichte ich im Emmaus-Kloster neue Erkenntnisse in der Kinderbetreuung. Ich würde mich sehr darüber freuen, wenn wir uns am Sonntag wenigstens zu Mittag sehen können!" Ich willigte gerne ein, und all mein Misstrauen war gewichen, obwohl ich mich ein wenig wunderte, dass Sara mich nicht für den Abend zu sich eingeladen hatte.

Es war jedoch für mich an der Zeit, ein Zeichen zu setzen, das die Bindung an Sara festigen würde, und so fragte ich sie kurzerhand, ob sie Anfang April mit mir eine kleine Reise unternehmen wolle. Ich hatte äußerst gute Verbindungen zur deutschen Reichsbahnverwaltung im Protektorat, und obgleich der private Reiseverkehr ziemlich eingeschränkt worden war, konnte man mit viel Glück und Einsatz immer wieder Bahnkarten zu außergewöhnlichen Destinationen erwerben. „Wohin willst du mich denn entführen?" fragte Sara, und es klang so, als meinte sie, ich würde mit ihr in die nähere Umgebung oder eventuell in die Ostmark oder in das Generalgouvernement fahren, doch tatsächlich war mein Reiseziel etwas weiter gesteckt. „Ich habe einen kleinen diplomatischen Auftrag übernommen“, antwortete ich, „und werde für vier Tage an die spanische Costa Brava nach Barcelona fahren. Ich wäre sehr angetan von deiner Begleitung!“

Ich hatte Freudensprünge erwartet, doch Saras Reaktion auf mein Angebot ließ mich ein wenig erstarren. „Gerne komme ich mit!“ sagte sie nach einer kurzen Nachdenkpause. „Ich muss lediglich meinen Zeitplan mit meinen Eltern koordinieren, da wir zu Ostern meist bei meinen Großeltern am Lande sind.“

Sara verließ meine Wohnung gegen zehn Uhr. Obwohl wir eine Vielzahl an netten Worten und Liebkosungen ausgetauscht hatten, gefiel mir ihre Reaktion auf mein Reiseangebot nicht. Jede meiner Bekannten und Freundinnen hätte sich alle Finger wegen dieser Möglichkeit abgeschleckt, doch nun begann mein feines Gespür zu arbeiten, und ich hegte den leisen Verdacht, dass die Trennung von Manfred nicht in jener Weise vollzogen war, wie Sara vorgab es getan zu haben. Dieser geheimnisvolle Mann stand immer im Raum und war allgegenwärtig, eine Erkenntnis, die ich erst nach Wochen in aller Deutlichkeit gewinnen konnte. Obwohl es nie bewiesen wurde, nahm ich später an, dass sich Sara erst eine Ausrede zurechtlegen musste, um ihrem Manfred eine plausible Erklärung für eine eventuel mehrtägige Abwesenheit zu unterbreiten, ohne ihn misstrauisch zu stimmen.

Es war Sonntag zehn Uhr, als ich mich im Café „Promenade“ mit meiner Freundin Clarissa Iron und ihrem Lebensgefährten Jacques Tirar traf. Wir besprachen sein rechtliches Problem, dann wurde Clarissa neugierig und befragte mich nach meinem neuesten Umgang. Ich erzählte ihr von einem Mädchen namens Sara, das in Česká Lípa im Sonderkrankenhaus arbeitete, und Clarissa fuhr erstaunt hoch: „Sara Strommer etwa?“ Die beiden kannten sich schon seit Jahren, und meine Freundin war sichtlich erstaunt zu hören, dass Sara nach der Trennung von Berin endlich einen normalen Partner gefunden hatte, sie konnte es gar nicht für möglich halten, dass jene ihren alten Pädagogen, dem sie hörig gewesen war, gegen ein neues Modell „Jurist“ eingetauscht hatte. „Ich gratuliere dir von Herzen!“ sagte Clarissa. „Es war an der Zeit, dass sie diesen Manfred endlich verlässt. Seit zwei Jahren ist sie bereits unglücklich mit ihm, will sich von ihm trennen und hat bis jetzt den Absprung nicht geschafft. Ich wünsche euch alles Gute, und bitte bestelle ihr die besten Grüße von mir!“

Der Zufall wollte es offenkundig, dass mir immer mehr Personen über den Weg liefen, die Sara von früher sowie ihre Beziehungsproblematik kannten. Ich war gespannt auf die Reaktion meines kleinen Holcis, wenn ich ihr von Clarissa erzählte.

Sara saß auf einem kleinen Steinvorsprung auf dem Platz vor dem Kloster, und ich fuhr in den Hof ein. Als sie bei mir im Wagen saß und die Fahrt in den Stadtteil Vychovatelna ging, wo ich ein gutes Restaurant für den

Sonntag kannte, brachte ich die Sprache auf meine Freundin Clarissa. Sara war etwas abweisend. Ich konnte keine große Freude darüber erkennen, dass ich mit Clarissa über sie gesprochen hatte. Obgleich sie keine Kenntnis von dem Inhalt des Gesprächs erlangte, gab sie mir lediglich kurz zu verstehen: „Ich mag derartige Überraschungen nicht!" Damit war das Thema gegessen, Sara wurde augenblicklich wieder weich und anschmiegsam, zeigte jene Eigenschaften, auf die ich nur allzu gerne wie ein Tor hereinfiel.

Das bemerkte ich besonders nach dem Essen, als wir ein Stück zu Fuß gingen. Wir passierten einen geheimnisvollen Friedhof und setzten uns vor diesem auf eine Bank. „Du weißt gar nicht, wie lieb ich dich gewonnen habe", sagte sie, als sie ihren Kopf in meinen Schoß legte. „Ich freue mich, mit dir nach Barcelona zu fahren, und es werden wunderschöne Tage für uns werden!"

An sich hasste ich Wankelmütigkeit, und das forsche Verhalten im Wagen vorhin passte nicht zum Bild jener Sara Strommer, die eben friedlich vor mir lag und ihr Haupt auf meine Schenkeln bettete. Ich hatte jedoch Verständnis für die schwere Lage, in der sie sich befand, und wollte unserer Beziehung einfach die Möglichkeit geben zu wachsen, denn was sie durchgemacht haben musste, konnte sich ein rational denkender Mensch wahrscheinlich nicht ausmalen.

Sara Strommer spielte ein teuflisches Spiel, denn bereits im nächsten Atemzug begann sie, von ihrer Freundin Mariza zu erzählen, die ein Problem mit einem um zwanzig Jahre jüngeren Burschen hatte. Mit diesem war sie ein Verhältnis eingegangen. Jener Knabe konnte ihr Sohn sein, und in dieser Weise verhielt er sich auch. Sara schimpfte wie ein Rohrspatz, attestierte ihrer besten Freundin eine schlimme Geisteskrankheit im Hinblick darauf, dass sie sich auf eine derartige Beziehung eingelassen hatte.

Meine Gedanken wanderten zu Saras erst kürzlich zu Ende gegangenem Verhältnis mit einem seltsamen Mann, doch ich ersparte es mir aus Gründen der Höflichkeit einen Vergleich anzustellen, wer von den beiden Freundinnen die schlimmeren Abnormitäten aufwies.

„Mariza und ich würden gerne ein paar Tage alleine in die Berge fahren!“ gluckste sie hervor. „Es soll am Mittwoch abends losgehen, und wir kommen am Sonntag nach Prag zurück. Ich habe Mariza gesagt, dass ich meine Entscheidung nicht ohne dich treffen wolle.“ Was hätte ich wohl antworten sollen? Am Donnerstag stand die Operation in meiner Mundhöhle ins Haus, und ich wollte einer dreißigjährigen Frau kaum verbieten, mit einer Freundin für ein paar Tage wegzufahren. „Es wird mir und unserer Beziehung gut tun“, erklärte mir Sara, „denn nach diesen Tagen wird die Angelegenheit Manfred für mich endgültig abgeschlossen sein, und wir können endlich unser Glück genießen! Vielleicht wird es sogar möglich sein, dich im Mai nach Ostpreußen zu begleiten!“ Diesen schönen Worten hatte ich nichts zu entgegnen, Sara wusste genau, wie sie mich anpacken musste.

Ich rief am Montag meinen Freund Emil an und bat ihn, einen Kontakt mit dem Richter herzustellen. Bereits am selben Tag erschien der ältere Herr in meiner Kanzlei und blickte sich erstaunt um. „Als ich so jung war wie Sie“,

Einmarsch der Deutschen Wehrmacht in Prag, März 1939

begann er mit seinem Kompliment, „hätte ich mir ein derart imposantes Büro gewünscht. Bedauerlicherweise waren die Zeiten anders.“ Er seufzte und setzte sich unaufgefordert hin. Dann erst nahm er seinen Hut ab, legte ihn auf seine Beine und zog aus der Manteltasche einen Umschlag. „Junger Mann“, wurde er ernst, „die Befreiung der Tschechoslowakei von ihrem Joch liegt von nun an in Ihren Händen!“ Mich ehrte das Vertrauen, doch wusste ich nur zu genau, dass der Richter mich mit vorgegebener Kompetenz ködern wollte. Ich winkte bescheiden ab und ließ mir noch die Zustelladresse geben. „Falls der Zug durchsucht wird“, warnte er mich beim Hinausgehen, „werden Sie wohl oder übel den Brief verschlingen müssen!“ Dann war er verschwunden. Auf welch undurchsichtige Angelegenheit hatte ich mich da wohl eingelassen?

Im September 1938 war die Tschechoslowakei wie ein Wildpret von den Mächtigen Europas tranchiert worden. Der britische Premierminister Chamberlain hatte dreimal den Weg nach Deutschland gemacht, um mit seiner bekannten Appeasement-Politik den deutschen Diktator zufrieden zu stellen. Kaum war das „Münchener Abkommen“ abgeschlossen worden, hatten sich die Deutschen, die Polen und selbst die Ungarn ihren Teil der Jagdbeute genommen. Nun waren die Engländer und die feigen Franzosen den Nazis nicht mehr so wohlgesonnen, und plötzlich hielten die Alliierten zusammen wie englisches Weft[13].

Ich war wild entschlossen, meinem Heimatland zu helfen, obwohl ich nicht wusste, welche Bedeutung man einem einzelnen Brief zumessen konnte. Der Umschlag würde seinen Adressaten erreichen, so viel stand für mich an diesem Tage fest.

Am Dienstag Abend fuhr ich zu Saras Wohnung in der Sibeliova 51 und stieg die vier Stockwerke hinauf. Es war schon zu später Stunde, und die Türe zu ihrer Wohnung war lediglich angelehnt. Ich betrat den dunklen Vorraum ein wenig misstrauisch, aber dann bemerkte ich einen zarten Lichtstrahl aus dem Schlafzimmer.

Sara lag bereits im Bett und erwartete mich, wie eben eine verliebte Frau ihren Mann gebührend empfängt. Es dauerte nicht lange, bis wir uns einander hingaben, und dieses Bett war wahrlich eine bessere Liebesstätte als die durchgewetzte Matratze in Česká Lípa.

Mein Holci ging in das kleine Badezimmer, um sich frisch zu machen, und ich richtete die Bettwäsche zurecht und öffnete dann eine kleine Dachluke, um etwas Frischluft in

[13] Schußgarn

den Raum zu lassen. Auf einer antiken Kommode gegenüber dem Bett sah ich im Halbdunkel einen großformatigen Bildband liegen, den ich mit ins Bett nahm und näher betrachtete. Im Schein einer kleinen Kerze, die ich entzündet hatte, blätterte ich das Buch über die italienische Toskana durch, ohne die äußerst reizenden und liebevollen Worte eines gewissen Berin auf der zweiten Seite übersehen zu haben. Dieser Berin musste ein ganz besonderer Mann sein und hatte meine Sara sicherlich im gleichen Ausmaß geliebt wie ich zu jener Zeit. Bei passende Gelegenheit wollte ich mein Holci darauf ansprechen, was der wahre Grund für die Trennung von ihrer Jugendliebe gewesen war.

Sara kam zurück ins Bett und sah mich mit dem Bildband in der Hand. „Davon haben wir damals geträumt", sagte sie, „einmal die Toskana zu sehen, Florenz, Pisa, Siena …!" Ich kannte diesen Landstrich bereits sehr gut, hatte Jahre zuvor eine Studienreise unternommen und unter anderem die aufgezählten Plätze besucht. „Mein Schatz! Barcelona wird nicht unsere letzte gemeinsame Reise sein! Ich hoffe, dass ich dich noch sehr lange haben werde", sagte ich und wusste nicht, wie sehr ich mich täuschte. „Im Sommer dieses Jahres werden wir nach Italien fahren. Man muss die Gelegenheit nutzen, solange es noch möglich ist." Dabei spielte ich auf den Kriegseintritt der Vereinigten Staaten im Dezember 1941 an und mutmaßte zu Recht, dass der übermächtige Gegner die deutsch-italienischen Fronten im Westen und Süden Europas in den nächsten Monaten eindrücken würde.

Ich schlief lange, zumindest für meine Begriffe, denn als ich aufwachte, war Sara bereits außer Haus. Mein Leben begann in jener Zeit ohnedies ein wenig aus den Fugen zu geraten, dieses Eindruckes konnte ich mich nicht erwehren. Alle Tätigkeiten und Gedanken begannen, sich dem Dirigentenstab meiner Liebe zu fügen. Ich wollte diese Entwicklung nicht, es war mir jedoch unmöglich, sie entsprechend zu korrigieren oder ihr gegenzusteuern.

Hinzu kam das ewig geheimnisvolle Tun und Lassen meines Holcis, ich wusste die meiste Zeit nicht, wo sie sich herumtrieb und was sie tat. Alles schien im Verborgenen, und sprach ich sie darauf an, redete sie sich auf seelische Überlastung aus und begehrte Zeit für sich alleine. Ich vermutete schlimme Dinge, beruhigte mich danach jedoch immer wieder selbst. Wie sehr ich mich auf mein Gespür verlassen konnte, durfte ich schon bald feststellen.

Ich fand eine kleine Nachricht auf der Anrichte in der Küche:

Ich hoffe, du hast gut geschlafen! Du wirst mir fehlen, wenn ich weg bin, glaube mir, sehr sogar! Dennoch, die Tage werden mir ganz gut tun, und ich hoffe, ich habe dich dann noch länger. Weißt du eigentlich, dass ich ganz verwunderlich gut neben dir geschlafen habe? Das ist bei mir nicht selbstverständlich, aber Vorsicht: Ich könnte mich daran gewöhnen … Fall nicht von deinem großen Pferd (oder soll ich sagen „hohen Roß"?)

Schicke dir einen Kuss und eine Umarmung für den Tag!

SMS

P.S.: … und überhaupt glaube ich schon, dass du mich noch lange haben wirst, weil ich dich nämlich sehr liebe, und was soll man da machen?

Am Abend dieses Tages verließen Sara und Mariza Prag in Richtung Süden, kurz nachdem mich mein Schatz vor dem Ende der Kanzleistunden angerufen hatte. Ich wünschte ihr noch einen schönen Aufenthalt und bestellte Mariza unbekannterweise einen lieben Gruß.

Am Morgen des nächsten Tages, Donnerstag den 12. März, begab ich mich in die Kieferorthopädische Abteilung des Krankenhauses Prag, um mich der anberaumten Operation zu unterziehen.

Der Operationssaal war für die damalige Zeit sehr gut ausgestattet mit modernsten Geräten, eine Errungenschaft des Anschlusses an das Deutsche Reich. Vor 1939 hatte ich in diesen Räumlichkeiten sogar Bedenken gehabt, wenn mir von einem Arzt der Zahnstein entfernt worden war.

Ich wurde am rechten Unterkiefer betäubt und aufgeschnitten. Da es sich um einen kleinen Eingriff handelte, verzichtete man auf entsprechende Anästhesie und operierte ambulant. Zwei Stunden später durfte ich den Operationssessel verlassen und ging mit vier Nähten im Mund davon. An diesem Tag würde ich kaum mehr etwas arbeiten, dennoch trieb mich die Last der Verantwortung in meine Kanzlei, wo ich gegen Mittag ein nettes Telegramm in Empfang nehmen durfte:

Mein Lieber! Wahrscheinlich stehe ich in dem Moment, in dem du das liest, mit Mariza auf einem Berggipfel. Dies ist nicht das Schlechteste, außer dem Umstand, dass du nicht hier bist. Ich weiß genau, dass ich dich am 12. März, also heute, vermissen werde wie an jedem Tag, an dem ich dich nicht sehe. Ich bin bei dir, und hoffe, dass dir die Weißkittel nicht weh tun.

Ich habe dich lieb, mein Schatz, Kuss von deiner SMS

Es läuteten die Alarmglocken, ich wusste nicht, aus welchem Grund. Irgendetwas stimmte nicht, das spürte ich, und ich wollte meiner Vermutung entsprechend nachgehen. Ich ließ mich umgehend mit der Dermatologischen Abteilung des Krankenhauses Prag verbinden und verlangte nach Dr. Hera Fitzek. Glücklicherweise war meine alte Freundin im Dienst, und Erleichterung kam in mir hoch, als ich ihre Stimme vernahm. Nach einigen allgemeinen Worten berichtete ich Hera von meinem seelischen Problem: „Es läuft zu einfach, und ich empfinde diese Worte als nicht ehrlich. Ich denke, Sara ist nicht mit ihrer Freundin weggefahren.“ Hera legte eine kurze Nachdenkpause ein und antwortete dann: „Wenn es dir besser geht, dann werde ich unter einem Vorwand herausfinden, ob sich Manfred Prock freigenommen hat oder nicht!“ Ich dachte kurz nach. War mein Misstrauen Sara gegenüber tatsächlich derart groß, dass ich zu solchen Methoden greifen musste? Ich beschloss, noch nicht mein ganzes Pulver zu verschießen, bedankte mich bei Hera für ihre gutgemeinte Unterstützung und ließ es auf sich beruhen.

Die Conclusio war relativ einfach für mich, denn wenn Sara ein falsches Spiel spielte, würde es über kurz oder lang ans Tageslicht kommen. Ich konnte ihr dann immer noch demonstrieren, was einem Zauberlehrling passiert, der leichtfertig die Geister gerufen hat.

Hätte ich erfahren, dass Manfred Prock in diesen Tagen wie üblich seiner Arbeit nachging, wäre mein Misstrauen der Anfang einer langen Selbstzerfleischung gewesen. Ich wollte Sara die Möglichkeit einräumen sich zu bewähren. Wenn es ihren Unterleib schon nach herkömmlichem Fleisch gelüstete, würde sie in diesen Momenten einem schlimmen Seelenzustand ausgesetzt sein, denn ein Leben mit Lügen einzurichten, funktioniert auf Dauer ohne Substanzverlust sicherlich nicht.

Ich habe es nie mehr nachgeprüft, ob Sara an jenen Tagen mit Manfred unterwegs war; aus den späteren Erkenntnissen ihrer Ehrbarkeit zu schließen, bin ich heute geneigt, diese Annahme eher zu bejahen.

Sara rief mich jeden Abend zu Hause an und erzählte mir, wie sehr es Mariza und ihr in den Bergen gefiel. Ich freute mich für sie, und obgleich mir eine für sie peinliche Konfrontation mit offenen Fragen auf der Zunge brannte, konnte ich mich beherrschen. Vielmehr verfasste ich einen lieben Brief an Sara, den ich am Sonntag zur Post gab.

Ich vermied es, Sara am Abend ihrer Rückkehr zu treffen, denn ich wollte herausfinden, wie sehr sie sich nach mir verzehrte, wenn ich für sie nicht greifbar war. Die Woche begann mit dem üblichen Chaos in meiner Kanzlei, meist ging es um Rangeleien am Wochenende zwischen Angehörigen der Prager Urbevölkerung und zugewanderten Sudetendeutschen, die sich aufspielten wie einst die Habsburger in ihren Kronländern. Ein Termin am Gericht jagte den anderen, dazwischen die Vorsprachen bei der Polizei und Nachforschungen über Verschickungen in die Konzentrationslager.

Der Dienstag war wieder ruhiger, und ich machte mir nun ernsthafte Sorgen über mein Holci, denn diese Ruhe um unsere Beziehung war ich nicht gewohnt. Zu Mittag kam ein Brief aus Česká Lípa, der mich wieder versöhnlicher stimmte:

Guten Morgen! Danke für deinen lieben Brief, den ich soeben gelesen habe. Ich denke an dich und hab dich so lieb! Manches Mal würde ich mir wünschen, ich hätte in eine Beziehung gehen können wie du, ohne Altlasten, die mich schon immer noch zwischendurch drücken und mir viel Schönes vermiesen. Können wir uns heute am späten Nachmittag sehen, wenn ich zurückkehre aus Česká Lípa? Ich werde zuerst bei meinen Eltern essen, ich habe sie schon längere Zeit nicht mehr gesehen, und möchte im Anschluss Mariza treffen. Sie hat mich darum gebeten, da sie ein Problem in ihrer Beziehung hat, und da wir immer füreinander da sind, schlag ich ihr das sicher nicht aus. Hab einen schönen Tag, du bist sehr wichtig für mich, also pass auf dich auf! Deine SMS

Ich rief Sara in Česká Lípa an und schlug ihr vor, dass wir uns gleich nach ihrer Rückkehr bei jenem Friedhof treffen sollten, wo wir zwei Wochen zuvor eine nette Zeit verbracht hatten. Sie willigte ein, und am vereinbarten Zeitpunkt stand sie an der betreffenden Stelle und wartete bereits.

Wir gingen ein Stück des Weges und sprachen über die vergangenen Wochen und über mein schlechtes Gefühl, das allgegenwärtig war. Ich vermied es jedoch vorsorglich, sie mit meinen tatsächlichen Vermutungen zu überfallen, und sie entgegnete mir: „Ich danke dir für deine stets liebevollen Worte, und ich bemühe mich, in Gegenwart und Zukunft zu leben, doch es funktioniert nicht immer. Fünf Jahre sind eine lange Zeit, die man nicht in einem Monat vergessen kann, glaube mir, ich würde es gerne! Ich hasse dieses ewig traurige Gefühl. Ich freue mich jedoch immer dich zu sehen, denn da kann ich dich umarmen und küssen, und das ist immer schön!“ Dann fiel sie mir um den Hals, und ihr schlanker Körper fügte sich so zärtlich an meinen, dass ich wieder allen Missmut vergaß.

Der Geburtstag meines Vaters stand ins Haus, und da es ein runder war, wollten wir am 21. März in einem kleinen Gasthaus in Milevsko, etwa siebzig Kilometer südlich von Prag, den Ehrentag ausgelassen feiern. Für uns Tschechen war diese Art der Feierlichkeit etwas Neues, wurde bis zum Einmarsch der deutschen Truppen doch stets nur des Namenstages gedacht, mit der Feier des Geburtstages war zudem ein Ehrentag für die Mütter eingeführt worden, denen ein jeder Mensch seine Geburt zu verdanken hat.

Meine Eltern waren sehr neugierig, Sara endlich kennenzulernen, und nachdem mein Vater etwa hundert seiner besten Freunde und engsten Bekannten und Verwandten auf seiner Gästeliste hatte, meinte er, dies wäre der passende Anlass, die junge Pädagogin in unsere altehrenwerte Familie einzuführen. Als ich Sara von diesem Vorhaben berichtete, war sie erstaunlich schnell bereit, meine Begleitung am großen Fest abzugeben. Sie erkundigte sich sogar noch nach einem adäquaten Geschenk für meinen Vater, doch gab ich ihr zu verstehen, dass in diesen schweren Zeiten ich es ihr nicht zumuten wollte, meinem ohnehin wohlhabenden alten Herrn Gaben zu bereiten. Sie bestand jedoch darauf, eine Summe von 30 Reichsmark für ein Präsent beizusteuern.

Sara hatte sich von einem Dienstwagen an den vereinbarten Treffpunkt bringen lassen; als es bereits dunkel war, führte ich sie zu ihrer Wohnung. Wir vereinbarten ein Treffen für den nächsten Abend. Als ich wegfuhr, spürte ich wieder eine absolute Sicherheit, was die Verbindung zwischen Sara und mir betraf.

Der Mittwoch Abend war sehr angenehm, ich verbrachte die Nacht in Saras Wohnung, und alles schien so vertraut. Meine Liebe zu ihr war gefestigt, und Sara gab mir in keiner Minute einen Hinweis, dass irgendetwas nicht stimmen könnte. Nun schien ich die Ernte einzufahren, hatte ich doch wochenlang die schwierige Phase der Trennung von Manfred Prock hautnah miterlebt und ihr nie Druck gemacht, außer in der Woche nach meiner misslungenen

Prüfung in Linz. Sara lag im Kerzenschein nackt neben mir, und ich betrachtete ihren Körper, der mich so gar nicht reizen konnte. Selbst an diesen Anblick hatte ich mich schon gewöhnt. Es war seltsam, wie unwichtig mir in diesen Tagen ein durch optische Eindrücke ausgelöster Synapsenprozess geworden war.

Am Samstag, dem 21. März 1942, traf sich die Geburtstagsgesellschaft im besagten Gasthaus in Milevsko. Einen Tag zuvor waren mir die Operationsnähte im Mund entfernt worden, und ich konnte wieder befreit sprechen und lachen.

Viele Gesichter hatte ich schon Jahre nicht mehr gesehen, und Sara und ich traten als perfektes Paar in böhmischer Tracht gekleidet in Erscheinung. Mein Schatz schien sich sichtlich wohl zu fühlen und selbst das unerwartete Zusammentreffen mit ihrem Vorgesetzten aus dem Sonderkrankenhaus in Česká Lípa bereitete ihr kein sonderliches Unbehagen, vor allem unter dem Aspekt, dass jenem noch die alte Beziehung mit Manfred Prock präsent war.

Ich stellte Sara diesen und jenen Verwandten und Bekannten vor, und sie spielte ihre Rolle als die neue Frau an meiner Seite gekonnt. Mein Vater konnte nicht umhin, sie in eines seiner berühmten „Kreuzverhöre“ zu nehmen, doch Sara Maria Strommer bestand alle Prüfungen mit Eleganz und geschickt eingesetztem Charme. Nach diesem Auftritt zweifelten selbst die misstrauischsten Kritiker nicht mehr an der Loyalität Saras mir gegenüber. Den ganzen Abend verbrachte sie an meiner Seite, küsste mich in der Öffentlichkeit, und ich erlebte ein Glücksgefühl wie schon lange nicht mehr. Obgleich die Beziehung mit all ihren Höhen und Tiefen erst wenige Wochen dauerte, war ich mir sicher, die Frau fürs Leben gefunden zu haben. Der 21. März 1942 war der Wendepunkt in meiner lauernden Haltung. Ich war nun bereit, die letzte Herzklappe zur Seite zu biegen und Sara nach meinem Innersten fassen zu lassen.

Sara und ich waren die einzigen Gäste, die sich ein Zimmer im Gasthof genommen hatten. Ich wollte nach einigem Alkoholkonsum, dem ich mich des öfteren gerne hingab, nicht riskieren, wegen einer Routinekontrolle auf der Straße mein Rechtsanwaltspatent aufs Spiel zu setzen. Zudem liebte ich die Gegend um Milevsko sehr, und ich hatte vor, Sara am Sonntag ein wenig in die umliegenden Wälder zu entführen.

Wir erlebten eine schöne Nacht, und es fiel mir auch immer leichter, Sara ohne Gedanken an Idealvorstellungen körperlich das zu geben, was sie sich von mir erwartete. Als wir am Sonntag Vormittag unser Frühstück einnahmen, kamen zufällig meine Freundin Ariana Mattner und ihr Lebensgefährte Marian des Weges. Auch sie waren Kenner der Region und schätzten die angenehme Waldluft um Milevsko sehr. Sie hatten lediglich vor, sich ein Stück Brot für einen längeren Fußmarsch zu besorgen, als sie mich jedoch erkannten, nahmen sie mit uns eine Mahlzeit ein und freuten sich, endlich jene Sara kennenzulernen, von der ich Ariana bereits beim „Ball der Unteroffiziere" erzählt hatte.

Die beiden blieben noch eine Weile, dann verabschiedeten sie sich von uns und gingen ihres Weges. Sara hatte sich sehr gut eingeführt, und als ich ansetzte um etwas zu sagen, kam mir mein Holci zuvor. „Hast du dir Gedanken gemacht über einen Urlaub im Sommer?“ Selbstredend hatte ich das, es war nur noch nicht der richtige Zeitpunkt dagewesen, um Sara mit zeitlich weit entfernten Gegebenheiten zu konfrontieren. „Ich habe dir bereits versprochen, dass wir gemeinsam in die Toskana fahren werden“, sagte ich, „hast du das bereits vergessen?“ Sara schüttelte den Kopf. „Natürlich nicht, wie könnte ich? Ich denke nur an einen romantischen Aufenthalt am Meer, eventuell im September …“

Ich küsste sie und war ihr so nah in diesen Momenten wie nie zuvor. Mein Schatz hatte mir aus der Seele gesprochen. Wenn sie von sich aus bereits Überlegungen für den Sommer anstellte, dann musste jeder Funke Zweifel ausgeräumt werden, was das Scheitern unserer Beziehung betraf. Meine Zukunftsvisionen waren ohnehin festgemauert in der Erde, dass Sara sich mir so bald gänzlich offenbaren würde, hatte ich nicht erwartet. „Leona wird leben!“ sagte ich nur kurz, und sie nahm zärtlich meine Hand und lehnte sich an mich. Der Sommer 1942 würde alles bringen, was ich mir erträumte …

Die nächsten beiden Tage verliefen in absoluter Harmonie, mehrmals pro Tag rief mich Sara aus Česká Lípa an, und ich hatte Sorge, dass die Verwaltung des Sonderkrankenhauses meinem Schatz wegen privater Gespräche während der Dienstzeit einen Verweis geben würde, doch konnte ich den Gedanken ein wenig wegwischen mit dem Wissen, dass der Leiter der Anstalt nun offiziell von der frischen Bande zwischen seiner Angestellten und mir wusste und die privat gehaltenen Gespräche als Freund meines Vaters sicherlich nicht im Übermaß beanstanden würde.

Ich verbrachte die Nacht von Dienstag auf Mittwoch bei Sara. Am Abend sollte ich endlich jene ominöse Mariza kennenlernen, von der mir mein Holci schon viel berichtet hatte. Da ich nach der Arbeit noch mein Pferd betreuen mußte, stieß ich erst gegen neun Uhr zu einer dreiköpfigen Runde hinzu, der mein Schatz, ihre Freundin Mariza und ein junges, blondes Bürschchen angehörten, dem ich zuerst keine Beachtung beimaß. Es stellte sich rasch heraus, dass es sich um jenen Lebensgefährten Marizas handelte, der durch clochardmäßige Nächtigungsaktionen vor der verschlossenen Wohnungstür seiner Angebeteten öfters der Belustigung von Sara und ihrer Freundin ausgesetzt gewesen war. Sara hatte mir berichtet, dass Mariza den Jungspund nicht sehr ernstnahm und sich bereits auf die Suche nach adäquater Lebensbegleitung machte, ein Umstand, der mir im späteren Umgang insofern auffiel, als Saras Freundin mich in ein tiefes Gespräch verwickelte, mir stets zuzwinkerte und den armen Blondschopf als Statisten an ihrer Seite wortlos verfallen ließ.

Ich konnte Mariza nicht einschätzen, doch barg sie eine Art Gefahr für meinen Schatz. Ihren Worten nach zu schließen, war sie zu sehr in eigene Probleme verwickelt, um Sara irgendwelche Ratschläge geben zu können, dennoch freute ich mich über ihre Bekanntschaft, da sie eine der wenigen im Umkreis meines Holcis war, die Manfred persönlich kannte. Wie nicht anders erwartet, stellte mir Mariza ein gutes Zeugnis aus und attestierte eine entsprechende

Umgangsform mit ihrer Freundin, Attribute, die einem Manfred Prock laut ihren Aussagen gänzlich fehlten. Sara war endlich aufgewacht! So weit schienen Marizas und meine Gedanken konform zu gehen.

Der Blonde an Marizas Seite fühlte sich sichtlich unwohl, zu schwierig und diffizil waren die Gesprächsthemen, und sein infantiler Geist konnte dem Kontext nicht folgen. Das hielt ihn jedoch nicht davon ab, sich postwendend nach meiner Verabschiedung bei Mariza über meine Wohlstandsbäckchen am Bauchansatz auszulassen, die er als Kompensation für seinen zurückgebliebenen Intellekt in die Waagschale warf.

Ich verließ die Runde nach etwa zwei Stunden und schickte mich an, recht bald ins Bett zu kommen, denn der nächste Tag würde wieder viel Aufregung in der Kanzlei bringen. Zu Mittag rief ich Sara in Česká Lípa an, und sie war etwas zurückhaltend am Telefon. Ich fragte, ob etwas nicht stimmte, doch sie fertigte mich mit seltsamen Ausreden ab und meinte, es würde alles in Ordnung gehen. „Mein Holci", sagte ich, „bitte lass mich nicht dumm sterben! Ich will immer für dich da sein, und deine Probleme sind auch meine." Sie bedankte sich für meinen Einsatz, dann legte sie auf. Ich spürte schon wieder dieses unruhige Gefühl in der Magengrube, es hörte nicht auf und ließ sich nicht wegstecken. Sara Maria Strommer kostete mich ein großes Maß an Nerven. Es hatte auch in früheren Beziehungen Missverständnisse und Unstimmigkeiten gegeben, doch stets war die Richtung vorgezeichnet. In der jetzigen

Beziehung war ich immer kurz vor dem Kollaps, denn Saras extreme Hilflosigkeit und das beinahe nicht vorhandene Selbstbewusstsein riefen einen Retterinstinkt in mir hervor, den ich üblicherweise nur für jemanden abrufen konnte, der kurz vor seinem Ableben stand.

Ich erhielt am Freitag Vormittag einen Brief und dachte bereits vor dem Öffnen des Umschlags an aufgetretene Probleme, die sich Sara selbst zusammengezimmert hatte.

Hoffentlich hast du gut geschlafen und schön geträumt. Das Letzte, was ich will, ist dich „dumm sterben zu lassen“, wie du es ausdrückst, darum versuche ich dir ja immer mitzuteilen, was in mir vorgeht, auch wenn es nicht immer angenehm ist. Weißt du, du bist ein wunderbarer Mann, und wie sehr ich dich liebgewonnen habe, brauche ich nicht zu sagen. Das, was in mir vorgeht, hat auch nichts mit dir zu tun, diese Suche nach einem Lebensstil, vielleicht kann man es so nennen, dass du aber mit drinnen hängst, ist mir klar, das hat ja bei mir einmal zu einer Veränderung geführt. Ich denke, wir fahren einfach einmal weg, lassen wir das auch einmal auf uns zukommen.Bis Nachmittag, Kuss, SMS

Ein klassischer Schritt zurück, ging es mir durch den Kopf. Vor wenigen Tagen hatte sie mir noch die große Liebe vorgespielt, nun waren wir bereits wieder in einem Stadium, das wir schon öfters durchschritten hatten. Dieses ewige Hin und Her begann mich kräftig zu stören, und ich würde ihr am Nachmittag meine Meinung zu verstehen geben. Diese Frau bildete sich ein, das Universum würde sich um sie drehen, und ich wollte diesem Irrglauben Einhalt gebieten. Ich würde zur Not alleine nach Barcelona fahren und mir bei dieser Gelegenheit eine Stange Geld ersparen, denn immerhin hatte ich Sara auf diese Reise eingeladen.

Das Holci rief mich gegen vier Uhr an und fragte mich nach einem Treffpunkt. „Mein Schatz", sagte ich in forschem Ton, „du solltest auf der Stelle aufhören, einmal kalt und einmal warm auszustrahlen. Wenn du zu mir stehst, dann dulde ich diese Art von Wortwahl wie im letzten Brief nicht. Du hast jetzt die Möglichkeit, von der Reise nach Barcelona Abstand zu nehmen! Wenn du dich bei dem Gedanken an gemeinsame Tage nicht wohlfühlst, dann bleibe bitte in Prag!" Sara war entsetzt, das konnte ich an ihren stammelnden Worten erkennen. Sie entschuldigte sich für den letzten Brief, gab mir zu verstehen, dass alles in Ordnung war zwischen uns, und bat mich, abends gegen acht Uhr in ein neues italienisches Lokal namens „La Camilla" zu kommen, da ich dort eine Freundin von ihr kennenlernen sollte, die in Barcelona aufgewachsen war.

Maria war eine rassige Spanierin und mit dem Bruder Berins verlobt, der in der Nähe von Prag eine anspruchsvolle Stelle angenommen hatte. Sie schwärmte uns in den höchsten Tönen vor, wie schön Barcelona war, und durch das Heraushalten Francos aus dem Krieg waren bislang auch keine Bomben auf die katalanische Metropole gefallen. Ich hatte eine kleine Mission zu erfüllen, doch mindestens drei volle Tage würden Sara und mir zur Verfügung stehen, um die Sehenswürdigkeiten der Stadt wie die Sagrada Familia und den alten Hafen zu bewundern. Maria machte uns Barcelona wirklich schmackhaft, und als Sara und ich später eng umschlungen nach Hause gingen, schien die Welt wieder in Ordnung zu sein.

Der 29. März war der Palmsonntag. Mein Holci hatte mich eingeladen, ihre Eltern kennenzulernen. Mutter und Vater waren mir flüchtig bekannt, denn für die Mutter war ich bereits einmal in die Rolle des Postboten geschlüpft, und Saras Vater war mir im Februar zufällig bei einer Straßenbahnhaltestelle in der Prager Innenstadt über den Weg gelaufen.

Saras Eltern persönlich gegenüberzusitzen, das war das Siegel auf dem Freibrief, meinen Schatz gänzlich für mich zu vereinnahmen. Mir war bewusst, dass ich mir mit Sara viel Missionarsarbeit aufbürdete, denn ich musste sie langsam an meinen Lebensstil anpassen, doch das würde mir mit Sicherheit gelingen, war ich doch, abgesehen von der negativen Berufsbefugnisprüfung Anfang März, ein rundum erfolgsverwöhnter Mensch.

Familie Strommer besaß ein kleines Bauernhaus im Westen Prags, und wir fuhren mit meinem aufpolierten Mercedes Benz vor. Es war ein seltsames Gefühl, Saras Mutter unter solchen Umständen wiederzusehen, doch wir lachten über meine Einlage mit dem Paket, und beide Elternteile nahmen mich herzlich auf. Saras Vater war Oberlehrer in einem Realgymnasium in Prag und machte einen sehr ruhigen und hochintelligenten Eindruck auf mich, die Mutter war eine quirlige Hausfrau, die der Auffassungsgabe ihres Gatten sicherlich nicht folgen konnte. Ich siedelte ihren geistigen Horizont am eigenen Gartenzaun an, doch vermochte sie charmant ihren zurückgebliebenen Bildungsstand zu verbergen.

Sara tänzelte um mich herum, während ich gemütlich in einem Lehnstuhl die Frühlingssonne genoss und den Eltern Rede und Antwort stand. Ich bemerkte eine gewisse Art der Freude, dass Sara mich zu ihrem Partner erkoren hatte, denn wie ich bereits ihren Ausführungen entnehmen hatte können, waren ihre Eltern nicht gerade die treuesten Anhänger des struppigen Pädagogen Manfred Prock, der ihre Tochter immer wieder zu Akten der Verzweiflung und in tiefe Traurigkeit getrieben hatte. An jenem Palmsonntag schienen auch Saras Eltern das Buch der unglücklichen Beziehung ihrer Tochter endgültig zuzuschlagen, und es herrschte eine friedvolle und versöhnliche Stimmung, wie ich sie zuletzt im Frühjahr 1938 verspürt hatte. Manfred Prock, dieser Name war nur mehr ein Andenken an schlechte Zeiten!

Wir bestiegen den Sonderzug am Mittwoch, dem 1. April, und er sollte uns mit einmaligem Umsteigen in der Schweiz sicher ans Ziel bringen. Der geheime Umschlag befand sich in meiner inneren Manteltasche. Während das tschechische Staatsgebiet keinen Akten fremder Aggressionen ausgesetzt war, musste man im Altreich und in der Ostmark damit rechnen, dass es eventuell alliierte Bomben vom Himmel regnete. Im Frühjahr 1942 war das Ausmaß zwar noch nicht derart groß, doch durch die Absage der Operation „Seelöwe“, der Invasion Englands, waren die Tommys wieder zu Kräften gelangt und richteten mit ihrer Royal Airforce besonders in Industriegebieten immer wieder beträchtlichen Schaden an.

Ein Angehöriger der Wehrmacht wies die Insassen der einzelnen Abteile auf jene Möglichkeit hin, beruhigte uns jedoch mit dem Argument, dass mobile Ziele üblicherweise nicht angegriffen würden und der Zug überdies mit einer entsprechenden Flak-Abwehr ausgestattet war.

Ich hatte ein Sonderabteil gemietet, denn ich wollte die Fahrt mit Sara ungestört genießen. Wir saßen uns gegenüber und blickten aus dem Fenster. Die Landschaft zog an uns vorüber und mir schien, als wären es die letzten Wochen, die sich noch einmal vor meinem geistigen Auge abspulten. Wie lieb hatte ich diese Frau gewonnen, und nun fuhren wir gemeinsam in Richtung Südwesten, um ein paar Tage an der spanischen Küste auszuspannen.

Die Fahrt ging über Pilsen durch das Fichtelgebirge nach Nürnberg. Dort hatten wir einen längeren Aufenthalt zu verzeichnen, doch als der Abend anbrach, fuhr der Zug weiter. Nachdem wir Regensburg passiert hatten, richteten wir uns zum Schlafen ein, erwachten wieder, als wir in Zürich, in der neutralen Schweiz, ankamen. Dort mussten wir den Zug wechseln. Die Fahrt ging weiter über Lausanne nach Genf, und mitten hinein in das Vichy-Frankreich. Wir erreichten Grenoble, kamen an den Golfe du Lion, dann ging es beinahe immer der Küste entlang. Wir passierten das östliche Ende der Pyrenäen, waren damit auf spanischem Hoheitsgebiet, und wenige Stunden später fuhr der Zug in Barcelona ein.

Die ganze Fahrt über hatten Sara und ich uns aktuellen Gesprächsthemen hingegeben, es war seltsam zu erfahren, dass sie in ihrer politischen Denkweise meinen Vorgaben überhaupt nichts abgewinnen konnte. Ich hörte sogar den leisen Vorwurf aus ihren Worten heraus, dass ich ein geheimer Nazi-Kollaborateur sei, da ich nicht offen gegen das Regime ankämpfte, und sie ließ keines meiner Argumente wirklich gelten. Ich wunderte mich jedoch zu Recht darüber, aus welcher Ecke ihr Kämpferherz plötzlich hervorbrach.

Wir hatten bis zu diesem Zeitpunkt kaum Gelegenheit gehabt, uns für mehrere Stunden Themen von Brisanz hinzugeben. Die Fahrt nach Barcelona sollte insgeheim die Feuertaufe für unsere weitere Beziehung sein. Es boten sich fünf ganze Tage an, um ein Zusammenleben auf die Probe zu stellen, und ich war der festen Überzeugung, Sara und ich würden nach den anfänglichen Schwierigkeiten unsere beiderseits gewollte Beziehung in Barcelona einzementieren können.

Wir ließen uns von einem Taxi in die Innenstadt bringen, wo das von mir gebuchte Hotel „Ambassador" stand. Ich wollte weder Kosten noch Mühen scheuen, um meinem Schatz angenehme Tage zu bereiten. Es war augenscheinlich, dass Spanien vom Krieg verschont geblieben war. In Deutschland hatte man zu jener Zeit noch keine gravierenden Bombenschäden hinnehmen müssen, und es war auch nicht der äußere Eindruck, der meine Annahme bestätigte, vielmehr zeigten mir das allgemeine Treiben und die Heiterkeit auf der Straße, wie es in diesem Lande herging. Vor allem fehlten auch die uniformierten Aufsichtsorgane, die man im Deutschen Reich und den annektierten Gebieten allerorts herumschleichen sah. Spanien war erst fünf Jahre zuvor in einen Bürgerkrieg verwickelt gewesen, doch es waren auf den ersten Blick keine nachhaltigen Auswirkungen zu bemerken.

Das Taxi fuhr uns direkt zum Hotel, einem edlen Prunkbau aus dem siebzehnten Jahrhundert. Die Bediensteten waren äußerst freundlich, und ich sog diese Gesten wie frische Waldluft ein, hatte ich darauf in den letzten Jahren in Prag doch zwangsläufig durch die Verbitterung der Bevölkerung großteils verzichten müssen. Sara und ich bekamen eine großzügig eingerichtete Suite zugewiesen. Da der Tag noch nicht zur Gänze zur Neige gegangen war, bat ich meinen Schatz, das Zimmer entsprechend wohnlich herzurichten, während ich sogleich meinem beruflichen Zweck dieser Reise nachkommen wollte. Bei umgehender Erledigung des Auftrages hatten wir die Garantie, die restliche Zeit ungestört verbringen zu können.

Ich verließ mit einer Aktentasche das Hotel und bestieg erneut ein Taxi, das mich in die Nähe der Sagrada Familia brachte. Dort suchte ich jene Rechtsanwaltskanzlei auf, die mir als Adressat angegeben worden war.

Das Büro war herrlich ausgestattet mit feinsten Tapisserien, bereits am Gang konnte man bemerken, dass nicht am falschen Platz gespart worden war.

Ein freundlicher Herr kam auf mich zu, reichte mir seine rechte Hand und hielt bereits fordernd die linke in die Höhe. „Sie werden verstehen“, sagte er in akzentfreiem Italienisch[14], „auf diesen Umschlag warten unsere Freunde in London bereits seit Wochen." Ich händigte ihm besagten Brief aus und wartete auf eine Erklärung, zumindest auf die Aufwartung einer kleinen Erfrischung. „Signore, viel Arbeit liegt vor uns!" Das waren seine letzten Worte, und er schob mich höflich am Rücken in Richtung Ausgang. Diese selbstbewussten Spanier, dachte ich mir, und mir fielen die Erzählungen über das legendäre Treffen von General Franco und Adolf Hitler in Hendaye im Oktober 1940 ein.

Mir war selbstredend klar, dass ich soeben einen Akt verschwörerischer Handlung gesetzt hatte, doch musste ich meinem Heimatland dienen, wo immer ich nur konnte. Es ging zurück zum Hotel, wo Sara bereits leicht bekleidet auf mich wartete. Ich war von der langen Bahnfahrt ein wenig müde, zog mich in das mit Marmor ausgestattete Badezimmer zurück und entspannte mich im warmen Wasser der bereits eingelassenen Wanne. Danach erlebten Sara und ich eine Liebesnacht, wie sie im Märchenbuch stand. Mir schossen die verschiedensten Gedanken durch den Kopf, und ich war glücklich und zufrieden, denn ich hatte mein Ziel erreicht – die Frau meiner Träume war bei mir, und wir würden schöne Tage in Barcelona erleben.

Der nächste Tag war voll von Besuchen der verschiedensten Sehenswürdigkeiten, die Stadt bot eine Fülle alter spanischer Kultur, und mein Holci hatte sich eigens in einem Prager Antiquariat einen alten Reiseführer besorgt. Zwar war dieses Buch an die zwanzig Jahre alt, doch hatte

---

[14] Anscheinend war bereits angekündigt worden, dass ein Bote mit italienischem Familiennamen den Brief überbringen würde.

sich in Barcelona nicht derart viel verändert, dass es den einen oder anderen Straßenzug nicht mehr gab, wie es beispielsweise in Warschau der Fall war.

Wir gingen durch die engen Gassen, hielten uns beinahe den ganzen Tag verliebt an den Händen und fielen gemeinsam von einem Staunen ins nächste. Barcelona war wirklich eine Perle. Auch vom Leben auf der Straße konnte man sich leicht anstecken lassen. An der berühmten Ramblas reihten sich die Marktstände dicht aneinander und es herrschte ein buntes Treiben. Mich faszinierten vor allem die Obstverkaufsplätze, denn so manche angebotene Südfrucht kannte ich lediglich aus Büchern oder von Erzählungen. Sara und ich kauften Orangen und Nektarinen, selbst Bananen waren leicht und ohne Lebensmittelbezugskarten zu erwerben. Wie sehr hasste ich in diesem Moment den politischen Zustand im Deutschen Reich und wie sehr bewunderte ich den spanischen Diktator Franco, der sich geschickt aus der großen Auseinandersetzung um die Macht in Europa heraushielt.

Am frühen Abend fanden wir uns in einem netten Restaurant am alten Hafen von Barcelona ein. Die Karte war voll von mediterranen Speisen, meist Fisch auf köstlichste Weise zubereitet. Nachdem ich die Bestellung aufgegeben hatte, sah ich meinem mir gegenübersitzenden Schatz tief in die Augen, nahm Saras rechte Hand und fragte sie: „Bist du glücklich, mein Holci?“ Sie blickte mich verliebt an und nickte leicht mit dem Kopf. Ich strich ihr über die Wange und wusste in diesem Moment, dass ich sie nie mehr verlassen wollte. Nach einem köstlichen Dessert und

Die Sagrada Familia in Barcelona

zwei kleinen Flaschen spanischen Perlweins gingen wir ins Hotel zurück und folgten willig unseren Trieben.

Der 4. April 1942 war für die deutschen Soldaten an der Ostfront ein einschneidender Tag, denn im Nordabschnitt lief das Unternehmen „Eisstoß“ an; von all dem Kriegstreiben merkte man in Spanien jedoch nichts. Ich blätterte während des Frühstücks eine Morgenzeitung durch, und während halb Europa in Flammen stand, waren die Berichte darüber nur sehr dünn gesät. Sara stand etwas früher vom Tisch auf und entschuldigte sich für einen Moment, denn sie wollte versuchen, vom Telefon im Hotel eine Verbindung nach Prag zu bekommen. „Ich will nur meine Eltern benachrichtigen, dass es uns beiden hier gut geht“, sagte sie und verschwand für wenige Minuten. Als sie an unseren Tisch zurückkehrte, machte sie einen verstörten Eindruck auf mich. Ich wollte nicht in ihr Innerstes bohren und fragte ganz allgemein nach dem Telefonat. „Alles in Ordnung zu Hause!“ antwortete Sara, doch irgendetwas war in den letzten Minuten mit ihr geschehen.

Wir verließen das Hotel in Richtung Norden, denn wir wollten einen neuen Abschnitt der Stadt kennenlernen. Sara tat geschäftig mit ihrem Reiseführer und las mir immer wieder daraus vor. Obgleich keine äußeren Veränderungen zu bemerken waren, nistete sich bei mir instinktive Vorsicht ein. Ich konnte dieses seltsame Gefühl nicht deuten, wollte auch keine schlechte Stimmung erzeugen, daher ließ ich es auf sich beruhen.

Gegen Mittag führte uns der Weg an einem Telegrafenamt vorbei, und Sara bat mich erneut, wenige Minuten auf sie zu warten. „Ich muss noch einmal nach Prag rufen“, sagte sie, „meiner Großmutter geht es gesundheitlich sehr schlecht!“ Diese Erklärung war eine entsprechende Rechtfertigung für einen Außenstehenden, und ich lehnte mich an einen großen Stein vor dem Amt. Ich kannte das Weibsvolk genau! Obwohl ich es nicht wahrhaben wollte, wusste ich nur zu gut, dass sie kein Mitglied ihrer Familie anrufen würde.

„Ich darf dir Grüße von meiner Mutter bestellen!“ waren die ersten Worte, die Sara nach Verlassen des Telegrafenamtes verlor. Ich bedankte mich für die Übermittlung der Wünsche und legte mich wie ein Luchs auf die Lauer. Ich werde dich beobachten, schoss es mir durch den Kopf, und ein schlimmes Gefühl der Enttäuschung breitete sich in meinem Herzen aus. Den ganzen Tag über vermied es Sara geschickt, meine Hand zu nehmen. Ich war mir nicht klar darüber, wie ich diesem Zustand begegnen konnte, denn meine Liebe zu ihr raubte mir die Kraft, sie zur Rede zu stellen. Als wir zwischenzeitig in einem kleinen Straßencafé Rast hielten, fragte ich sie, ob sie irgendetwas bedrückte, doch sie verneinte. Vielmehr verließ sie mich für gut fünfzehn Minuten, um die Toilette des Cafés aufzusuchen, doch als sie von dort zurückkehrte, schien sie komplett gebrochen. Ich konnte mir nun keinen Reim mehr darauf machen. Als wir unsere Entdeckungstour fortsetzten, sah ich beim Verlassen des Lokals, dass sich darin ein öffentlicher Fernsprecher befand.

Wir spazierten die engen Gassen hinunter zum Meer, und unsere Gespräche waren von schlimmer Belanglosigkeit geprägt. Wie sehr vermisste ich die angeregten Diskussionen, die wir zu Beginn unserer schönen Beziehung oftmals geführt hatten. Sara legte ein mir unheimliches Selbstbewusstsein an den Tag, von dem kleinmütigen, schüchternen Verhalten im Januar war nichts mehr zu bemerken. Ich konnte richtig spüren, wie sehr sie sich an meiner Kraft gelabt hatte und nun wie eine vollgesogene Zecke von mir ließ. Es war wohl das erste Mal, dass ich augenblicklich die echte Befürchtung verspürte, dass dies der Anfang vom Ende unserer Beziehung war. Was war der Grund der Wandlung? Ich konnte keine Erklärung finden.

Sara und ich saßen eine Weile in einem kleinen Café am Hafen und genossen die frische Brise von der Seeseite. Ich beobachtete sie und bemerkte, dass ihr täglicher Zigarettenkonsum drastisch zugenommen hatte, ein Zeichen für ihr latentes Unbehagen. Fühlte sie sich an meiner Seite gar nicht mehr wohl? Ich erinnerte mich an die Momente, als ich sie in Breslau von der Bahn geholt hatte und sie mir gleich in meinem Wagen an die Kleidung gegangen war. Meine Liebe zu ihr war bereits derart groß geworden, dass ich es beinahe lächerlich fand, welche Gedanken ich zeitweilig beim Anblick ihrer nicht vorhandenen Weiblichkeit gehegt hatte. Sara spielte nun die erste Geige, das war mir in diesen Momenten klar geworden, aber ich wusste kein Mittel, um diesem Zustand zu begegnen oder ihm sogar den Todesstoß zu versetzen.

Wir verbrachten den Abend im Hotel und ließen uns Perlwein auf das Zimmer bringen. Es war ein Hochgenuss, den sich bietenden Luxus auszuleben, doch die fehlende Spannung zwischen meinem Holci und mir ließ mich doch ein wenig depressiv werden. Als ich später neben Sara lag und ihre Hand nahm, wusste ich um den Zustand unserer Beziehung. Sie hatte stets ohne Kleidung neben mir geschlafen, und es war die erste Nacht, in der sie sich mir nicht nackt präsentierte. Ich musste ja beinahe lachen bei dem Gedanken an den ersten Anblick des einem Huhn gleichenden Oberkörpers, doch die Realität, die sich in meinem Herzen abspielte, brachte meine hämischen Überlegungen umgehend zum Verstummen.

Der letzte Tag in Barcelona war angebrochen. Ich fühlte mich wie ein deutscher Soldat im Kessel von Demjansk, jener dramatischen Ausgangsstellung vom 18. Januar 1942, über welche ein tschechischer Geheimsender öfters berichtet hatte. Sara hatte mich umzingelt, sie war einfach übermächtig geworden, und meine Liebe zu ihr bildete die Fäden einer Marionette, die mein Holci nach Belieben bedienen konnte.

An jenem Tag traf sie auch keine Anstalten mehr, ihre schlechte Verfassung vor mir zu verbergen, oftmals verschwand sie in Häusern, die mit dem Zeichen „Öffentlicher Fernsprecher“ beschildert waren, und ich wusste nicht mehr, welches Gefühl mich mehr beherrschte, die Enttäuschung oder die Eifersucht. Es war für mich offensichtlich, dass sich der unsichtbare Geist Manfred Prock zwischen uns geschlichen hatte, und Sara war wieder die Hure ihrer masochistischen Triebe geworden. Ich konnte mir gut ausmalen, dass die Bande zwischen Manfred und ihr nie gänzlich gerissen waren und ihr die überhebliche Art ihres Spielgefährten und die Versklavung ihrer Person mehr imponierten als meine ehrliche Liebe und die zunehmende Aufweichung meiner Vorgaben.

Sara hatte anscheinend kein Problem mit sich selbst, in der letzten Nacht sich mir in gewohnter Manier hinzugeben, war es aus Motiven der Dankbarkeit oder einfach ein Geschenk zum Abschied. Ich machte mir überhaupt keine Illusionen mehr, dass jene Frau, die mir sechs Wochen zuvor noch die immerwährende Beziehung und echte Zukunftsvisionen vorgebetet hatte, sich zu verabschieden gedachte. Als Sara bereits erschöpft die Augen geschlossen hatte, starrte ich die Zimmerdecke an und suchte nach dem Augenblick des Umfallens. Hatte ich mich in irgendeiner Weise inkorrekt verhalten? Nein, Vorwürfe durfte ich mir keine machen, es war einzig und allein mein Nebenan, das sich jetzt von der Kraftquelle abzukapseln gedachte.

Wir bestiegen am 6. April den Zug zurück in die Heimat, und es herrschte bereits eine seltsam frostige Stimmung zwischen uns. Sara sprach kaum ein Wort und starrte nur zum Fenster hinaus. Ich versuchte krampfhaft, ein konstruktives Gespräch aufs Tapet zu bringen, doch war mein Holci dazu nicht zu bewegen. Waren noch Wochen zuvor Worte wie Liebe, Beziehung und Ehrlichkeit die am öftesten genannten

diesem Gedanken eine gewisse Logik abgewinnen, doch war mir schwer vorstellbar, dass ein Mann wie Manfred Prock meine Sara so einfach wieder aufnahm, vor allem unter dem Aspekt des bedingungslosen Verzeihens – sofern sie ihm alles gebeichtet hatte. Gerade das aber war meines Erachtens mit der Auffassung von weiblicher Ehrlichkeit schwer vereinbar.

Nachdem ich mich am Trog gewaschen hatte, machte ich mich auf den Weg in die Sibeliova 51, wo ich zu meinem Bedauern Sara nicht antreffen konnte. Vielmehr war es ihr Vater, der mich nach mehrmaligem Klopfen in seine Wohnung ließ und mir einen Platz in einem sehr gemütlichen Aufenthaltsraum anbot. Er erkannte meine getrübte Stimmung mit einem Kennerblick und versuchte mich zu beruhigen. „Herr Strommer", begann ich, „es ist nicht meine Art, andere Personen als die Betroffenen in eine Situation zu involvieren, doch was mir Ihre Tochter angetan hat, erfordert meine Frage an Sie, ob Ihnen die wahren Hintergründe für diese rasche Trennung von mir bekannt sind!" Ich erkannte mich selbst nicht mehr, mein brennender Schmerz in meinem Herzen ließ mich genau das tun, was ich immer zu vermeiden trachtete. „Junger Mann!" war die Antwort des äußerst aufmerksamen Vaters. „Ich weiß darüber nichts zu berichten, und das sage ich Ihnen nicht, um meine Tochter in Schutz zu nehmen. Für meine Begriffe hat diese Beziehung sehr schnell begonnen und sich in einer Geschwindigkeit aufgebaut, die äußerst ungewöhnlich ist. Gerade deswegen musste sie vielleicht auch ein rasches Ende erfahren, weil sich Sara darüber klar geworden ist, dass Sie nicht der richtige Mann für sie sind!" Ich schluckte mehrmals. „Sie haben wahrscheinlich keine Ahnung davon, was mir Ihre Tochter alles versprochen hat, wie sie mir zuredete, um mich bei der Stange zu halten, und welche Zukunftsvisionen sie für uns ausgemalt hat. Für mich gilt es jetzt lediglich zu erfahren, ob dieser seltsame Manfred Prock dahinter steckt!" Ich wusste um Manfreds Sympathiewerte bei den Eltern Strommer, und mein Gegenüber starrte kurz die Decke an. Dann antwortete er: „Ich kann es mir beim besten Willen nicht vorstellen!" Er schüttelte den Kopf. „Nein, mit Sicherheit nicht, denn für derart geisteskrank halte ich meine Tochter nicht!"

Dieser letzte Satz nährte in mir ein wenig die Hoffnung, dass Saras Entscheidung lediglich eine kurzzeitige Verwirrung ihrer Gefühle darstellte und sie über kurz oder lang zu mir zurückkehren würde. Ich bedankte mich höflich bei Herrn Strommer für das Gespräch und verließ die Wohnung. In mir war bereits nach wenigen Minuten der Plan gereift, Sara ein paar Wochen auf sich gestellt zu lassen und danach mit einer netten Geste das Ruder herumzureißen. Die Faszination dieser Frau war derart groß, und ich rief noch einmal jene Werte ab, die meine Zuneigung ins Unendliche hatten wachsen lassen.

Der 10. April ging recht ruhig voran, doch wartete ich sehnsüchtig und vergeblich auf ein Lebenszeichen von Sara. Ich fühlte mich ausgebrannt und total verlassen, überhaupt läutete das Telefon nicht so oft wie üblich.

Das Wochenende verlief in trauriger Stimmung, und ich hatte das Gefühl, die Zeit sei stehen geblieben.

Am Montag, dem 13. April 1942, einen Tag vor Hitlers berühmtem Befehl für die „Baedecker-Angriffe“ auf Bath, Canterbury und Exeter, hielt ich es nicht mehr aus und wollte Sara unbedingt gegenübertreten, um aus ihrem Munde die volle Wahrheit zu hören. Ich wusste, dass sie an jenem Abend in Česká Lípa sein würde, und so setzte ich mich am späten Nachmittag in meinen Wagen und fuhr in Richtung Norden.

Es war bereits dunkel, als ich bei ihrer kleinen Wohnung ankam. Vorsichtig klopfte ich an die Türe. Es dauerte eine Weile, bis ich ihre Stimme hörte, die nach dem Besucher fragte. „Sara, ich bin es!“ sagte ich. Ich spürte das Zögern hinter dem Eichenholz. Dann erwiderte sie: „Du kannst mich nicht einfach hier so überfallen!“ „Sara, öffne bitte, ich möchte ein paar Worte mit dir reden! Es dauert bestimmt nicht sehr lange!“ Langsam ging die Türe auf und ich betrat den Vorraum. Wir begrüßten uns wie früher mit einem Kuss und nahmen im zweiten Raum auf jenem Sofa Platz, wo sie mir bei meinem ersten Besuch die Unschuld geraubt hatte.

„Ich kann es nicht verstehen, mein Holci“, begann ich den Dialog. „Wir waren so verliebt ineinander, waren ein Herz und eine Seele, hatten Zukunftsträume und gemeinsame Wünsche. Wo ist das alles geblieben?“ „Es hat sich geändert, ich liebe dich nicht mehr“, war ihre Antwort. Ich konnte meinen Tränenfluss kaum unterdrücken. „Vor zwei Wochen noch hast du von der großen Liebe gesprochen und wie wichtig ich für dich sei. Waren das nur leere Worte? Du hast dich mir in Barcelona noch hingegeben wie eine treue Ehefrau …" „… es ist ja nicht der Fall, dass ich dich nun abstoßend finde!" warf sie ein. „Ja, meine Gefühle haben sich geändert, und ich kann mit dir nicht mehr. Ich habe auch mit meinen Freunden Gero und Mariza darüber gesprochen, die meine Entscheidung zwar nicht ganz verstehen, mir dennoch zugeredet haben, das zu tun, wonach es mir am besten geht. Eigentlich weiß ich es bereits seit drei Wochen!" Diese Erkenntnis traf mich wie ein Keulenschlag. Drei Wochen! „Weißt du überhaupt, was du da sagst?" krächzte ich nur mehr. „Drei Wochen, und du begleitest mich zum Feste meines Vaters und nach Barcelona?" Ich wurde sprachlos. „Ja, Karel, ich habe unsere Beziehung künstlich am Leben erhalten, denn meine Vernunft hat mir eingeredet, dass ich einen Mann wie dich nie mehr bekommen würde!" Ich hatte in diesem Moment keine Ahnung, welche Farbe mein Gesicht angenommen hatte, wahrscheinlich war es leichenblass. Dann setzte sie fort: „… und nun fahr bitte! Ich möchte alleine sein!" Ich entgegnete vorerst nichts mehr, erst an der Wohnungstür sagte ich wie in Trance: „Mein Holci, für mich ändert sich nichts. Du bleibst meine Frau, auch wenn wir uns längere Zeit nicht mehr sehen werden!" Dann küsste und umarmte sie mich zum letzten Mal, und ich verließ die Bühne der schlimmen Tragödie.

Ich fuhr zurück nach Prag und hörte ihre Worte immer wieder. „… drei Wochen …" Dies war die schmerzlichste Erfahrung überhaupt, dass eine Frau einundzwanzig Tage die liebende Partnerin spielen konnte, sich geschickt zu verstellen wusste, um letztendlich in den Genuss einer kostenlosen Reise nach Spanien zu kommen. Ich fühlte mich ausgenutzt und hingehalten, und so sehr ich diese Frau immer noch liebte, sie war für mich das personifizierte Abbild der Hure Babylon geworden, ein verlogener Dämon, der wie ein Parasit über die unbefleckte Ethik meiner Person hergefallen war. An jenem Tage übertünchte meine Zuneigung zu Sara Strommer noch alle schlechten Gefühle, und es wurde mir bewusst, dass ich sie zurückzuerobern hatte. Zuerst musste jedoch etwas Zeit verstreichen, um in ihr eine Begehrlichkeit nach Zweisamkeit wachsen zu lassen, und wohin würde sie sich dann wohl wenden? Es lag auf der Hand, dass sie nur dorthin gehen konnte, wo es ihr am angenehmsten und wohlsten war. Ich wusste zu jener Zeit noch nichts über ihren geistigen Schaden, den sie mit sich herumtrug, über ihre verdeckte Verblödung und ihren Masochismus, sich peinigen und quälen zu lassen. Sara Strommer war für mich eine Heilige, eine Madonnenfigur, denn als diese hatte sie meine innersten Gefühle freilegen können, meinen Wunsch nach Zweisamkeit und Familie.

Die Tage vergingen träge und den ganzen Tag über dachte ich lediglich an eines – an sie! Die Nächte waren von schlimmen Albträumen durchzogen, und wann immer ich mir einbildete, dass ohnehin alles in Ordnung sei, wachte ich frühmorgens auf und durfte die bittere Realität zur Kenntnis nehmen. Mein erster Lichtblick bezüglich Ablenkung von der Monotonie war ein Ausflug nach Berchtesgaden mit meinem Freund Marian Millic Ende April 1942.

Wir verlebten drei schöne Tage an den Sommerstätten der Nazi-Elite und hatten auch vorgehabt, das Haus Wachenfeld zu besuchen, welches damals als Hitlers Berghof von hohen Stacheldrahtzäunen umgeben war. Selbst das berühmte Teehaus am Kehlstein war der Öffentlichkeit nicht zugänglich, was meinen Freund Marian sehr betrübte, der sich in seiner Eigenschaft als politisch engagierter Hochschuldozent in Prag für die Institutionen und Bauten unserer Besatzungsmacht begeistern konnte. Den Höhepunkt unseres Ausfluges stellte eine Bootsfahrt auf dem schönen Königssee dar, und hier spürte man von all dem Kriegsgeschehen rein gar nichts. Wir trieben in einem Ruderboot am See herum und Marian ließ einen Monolog vom Stapel, berichtete von seiner unglücklichen und mittlerweile geschiedenen Ehe, von der Falschheit der Frauen und seiner persönlichen Hochschätzung eines Ausspruchs des berühmten Juristen Heinrich Lammasch, wonach Frauen dem männlichen Ehrbegriff nicht zugänglich waren. Diese Lektion erheiterte mich tatsächlich und ich konnte unter dem Schimpfen meines Freundes für einen Nachmittag meinen tiefen Seelenschmerz begraben.

Wieder zu Hause in Prag begann eine lang anhaltende Zeit voll von Leiden, denn ich kam mir vor wie eine Schildkröte ohne Panzer. Sara Strommer hatte mir meinen Schutzschild geraubt, jene berufliche Überlegenheit, die es mir ermöglichte, meine Gegner vor Gericht entweder in Grund und Boden zu reden oder lächerlich und unglaubwürdig zu machen. Das Feuer in mir brannte nicht mehr, und so mancher Richter fragte sich wahrscheinlich im Innersten, ob ich unter Drogen stand. Ich war weggetreten, ich spürte zusehends den Verfall in mir, und es wurde von Tag zu Tag schlimmer. Sara Strommer hatte mir mein Herz geraubt und meine Identität verändert, sie war der erste Mensch in meinem Leben, dem es gelungen war, mich vollends aus dem Mäuseloch zu locken, um mir den Kopf abzuhacken. Nun lag ich da, wehrlos wie ein gerupftes Huhn, das nur mehr auf den Kochtopf wartete!

Meine Reise nach der Ostsee rückte näher, am 10. Mai wollten mein Bruder und ich nach Königsberg fahren, an das Kurische Haff, das Jahre später traurige Berühmtheit erlangen sollte. Ich hatte mir für den Tag vor meiner Abreise eine nette Geste einfallen lassen, um Sara davon zu überzeugen, dass ich sie noch immer begehrte und unbedingt zurückgewinnen wollte. Seltsamerweise war dieses Begehren lediglich auf die geistige Ebene projiziert, körperlich fehlte sie mir überhaupt nicht. Ich hatte zwischenzeitig andere Damen kennengelernt, die meine Triebhaftigkeit weit mehr provozierten.

Am Abend des 8. Mai besuchte ich meine Freundin Clarissa, nachdem sie mich angerufen hatte. Wir saßen bei ihr im Garten, und ich zitterte am ganzen Körper. Zwangsläufig wurde ich an unser Zusammentreffen erinnert, nach welchem ich Sara vom Kloster abgeholt hatte. Clarissa beruhigte mich und ließ mich erzählen, was ich unbedingt loswerden musste. Sie bekam auch zu lesen, was mir Sara im Verlauf der Wochen geschrieben hatte, und sie schüttelte ständig den

Kopf. „So weit hat sie sich noch nie von diesem schrecklichen Manfred wegbewegt“, sagte sie zwischendurch, „ich kann mir nicht erklären, was in ihrem Kopf vorgeht. Sie lässt einen Mann wie dich im Regen stehen, wo sie erstmals wirklich Ruhe und Einkehr finden könnte. Bereits vor zwei Jahren wollte sie sich von ihrem Manfred trennen, und sie hat mir auch immer wieder gesagt, dass sie keine Zukunft sieht und unglücklich ist. Ich frage mich, was dieser Mann mit ihr gemacht hat!“ Bedauerlicherweise wusste auch ich keine Antwort, irgendeine seltsame Macht band sie an ihn, und dies war für einen vernünftig denkenden Menschen nicht nachzuvollziehen. „Nun fahr einmal nach Ostpreußen, das wird dir gut tun! Ich werde in der Zwischenzeit herausfinden, ob sie tatsächlich wieder in ihr Elend zurückgekehrt ist oder einfach nur etwas Abstand benötigt!“

Mein Bruder und ich bestiegen den Zug nach Königsberg. Ich hatte am Vormittag noch ein kleines Päckchen mit einem Sack Mohrrüben darin zur Post gegeben. Zusätzlich befand sich eine Karte im Paket, die Sara an schöne Zeiten erinnern sollte. Es war dies meine letzte Waffe in einem beinahe aussichtslosen Krieg, und ich erhoffte mir eine positive Reaktion.

Mein Bruder und ich verlebten angenehme Tage an unserem Feriendomizil und sogen die frische Luft an der Ostsee ein. Obgleich ich jeden meiner Aufenthalte in Ostpreußen sehr genossen hatte – dieses Mal konnte ich einfach keine Ruhe finden. Sara geisterte in meinen Träumen herum, ich bemerkte einen zunehmenden Verfall meiner Seele. Mein

Bruder und ich sprachen oft über den unglücklichen Verlauf meiner vergangenen Beziehung und er selbst wusste nach seiner Trennung nur allzu genau, wie durchtrieben und falsch Frauen sein konnten.

Am 15. Mai kehrten wir nach Prag zurück. Es lag eine Menge Briefe auf meinem Schreibtisch in der Kanzlei, jedoch war keiner von Sara darunter. Eine kleine Welt brach in mir zusammen, denn irgendeine Reaktion auf meine Geste hatte ich erwartet. Dafür fand ich ein Schreiben von der örtlichen Gestapo-Stelle vor, das an mich adressiert war, jedoch auf Sara Strommer Bezug nahm. Interessiert und neugierig gab ich mich den Anschuldigungen hin, und dass mein Holci sich zum angeblichen Hochverrat und zur Aufwiegelung gegen die Besatzungsmacht zu rechtfertigen hatte.

Ich konnte nicht glauben, was ich zu lesen bekam, dennoch war offensichtlich, dass sich Sara bei der Gestapo zu melden hatte. Kurzerhand griff ich zum Telefon und rief im Sonderkrankenhaus von Česká Lípa an, um meine Mandantin von den vermeintlichen Unannehmlichkeiten zu unterrichten. Ich spürte eine Form von Unsicherheit und zudem die Hitze in meinem Körper hochsteigen, doch mir war klar, dass ich die Sache in gewohnter Manier und geschickt abwenden wollte.

Eine Dame in der Telefonvermittlung hob ab und ich fragte nach einer Verbindung zu Sara Strommer. „Unsere Pädagogin ist in dieser Woche in Urlaub gefahren“, lautete die kurze Stellungnahme. „Ich danke Ihnen!“ antwortete ich und legte auf. Mein nächster Versuch galt Saras Eltern, denn es war dringend vonnöten, meinen Schatz für das bevorstehende Verhör zu instruieren, denn ein falsches Wort konnte bereits einen Aufenthalt auf Staatskosten bedeuten. Saras Bruder bediente das Telefon, und als ich ihm mein Begehren mitteilte, entgegnete er, dass er nicht wisse, wo sich seine Schwester herumtrieb. Ich ersuchte ihn, Sara meinen Anruf zu bestellen, dann gab ich meine ehrlichen Versuche auf, die Beschuldigte weiter zu suchen.

Am nächsten Morgen brachte der Bote ein Telegramm, welches in Italien abgesendet worden war. Die kurze Botschaft ließ mich wissen, wo sich die gesuchte Mandantin gerade aufhielt:

Danke für deine Bemühungen! Bin mit Freunden aus der Harrac-Runde in der Toskana, komme nächste Woche zurück.

SMS

Diese Rechtfertigung roch förmlich nach Verrat und Lüge, und ich rief Clarissa an, um sie nach ihrer Meinung zu fragen. „Ich weiß mit Sicherheit, dass Sara noch nie mit dieser Freundesrunde aus dem Café „Harrac“ auf Reisen gegangen ist“, sagte sie. „Wenn du mich fragst, so ist sie bestimmt mit Manfred unterwegs.“ Ich dankte ihr für die ehrliche Aussage, und in mir stieg der Zorn des verletzten Tieres auf. Sollte sie tatsächlich gelogen haben, würde mich Sara nicht von meiner angenehmsten Seite kennenlernen, soviel stand fest, doch wie konnte ich zu einer brauchbaren Information kommen?

Ich wählte die Dienstnummer von Hera Fitzek und hatte sie bereits kurze Zeit später am Apparat. „Hera! Gilt das

Angebot der Hilfeleistung noch?" fragte ich. „Wann immer du mich benötigst", antwortete meine Freundin, „ich werde dir zur Seite stehen." Ich unterwies sie in eine kleine Gefälligkeit und legte dann auf. Bereits zehn Minuten später hatte ich sie erneut am Telefon und sie flüsterte in die Muschel: „Er hat sich in dieser Woche freigenommen." Diese Botschaft reichte bereits, um zwei Zahlen richtig zusammenzuzählen, und obwohl ich keinen exakten Beweis vorliegen hatte, wusste ich um Saras Ehrlichkeit.

Mir war die Lust vergangen, für sie noch weiter den schützenden Ritter vor den Deutschen zu spielen, sollte sie sich doch an einen Berufskollegen wenden oder gleich unvorbereitet der Gestapo unterwerfen. Ein paar Jahre Haft wegen Spionage würden ihr bestimmt guttun und ihr verlogenes Mütchen kühlen, doch das waren bedauerlicherweise lediglich verbotene und mit meiner Berufsethik unvereinbare Wunschvorstellungen.

Eva Dorischak hatte mich für den Abend eingeladen. Immer dann, wenn sie aus einer geheimen Quelle Weine aus Südamerika bezogen hatte, rief sie mich an, um die edlen Tropfen mit mir zu genießen. Es gab zu jener Zeit in unser beider Bekanntenkreis sehr viele Barbaren, die den echten Genuss eines Glases Rotwein nicht im Geringsten zu schätzen vermochten. Aus diesem Grund verbrachten wir die Zeit bis zur endgültigen Leerung einer Flasche zumeist alleine. Eva kannte den unglücklichen Verlauf der Geschichte bereits in Grundzügen und war erbost über das unqualifizierte Verhalten von Saras mir gegenüber. „Ich kenne sie aus meiner Jugend", berichtete

Eva, „und ich wollte an jenem Abend bei dir zu Hause keine denunzierenden Andeutungen fallenlassen. Sara und ich waren einmal gute Freundinnen, doch mir war bereits vor einigen Jahren bewusst geworden, dass sie nicht ehrlich ist, und ihr ewig falsches Grinsen konnte ich eines Tages auch nicht mehr ertragen. Mir tut es so leid, dass du dein Glück nicht finden konntest, aber glaube mir, Sara Strommer wäre ohnehin nicht die passende Partnerin gewesen! Sie mag in ihrem Beruf gut sein, doch kann sie deinem Intellekt niemals standhalten und wäre neben dir in ihrer Erscheinung zur Gänze verschwunden." Evas Worte waren Labsal auf meine Wunden und ich umarmte sie für diese bewegende Aussage.

Am 18. Mai vormittags schlug das Telefon in meiner Kanzlei an. Da meine Sekretärin eben außer Haus war, hob ich selbst ab. „Karel, ich bin wieder in Prag!" hörte ich eine vertraute Stimme sagen. „Gibt es irgendwelche Schwierigkeiten mit den Behörden?" Ich wusste anfangs keine passenden Worte, dann antwortete ich: „Bis jetzt scheint alles in Ordnung zu sein, du brauchst dich nicht unnötig aufzuregen!" Und nach einer kleinen Pause setzte ich fort: „Ich würde mich gerne noch einmal mit dir aussprechen. Können wir uns irgendwo treffen?" „Ich treffe mich gerne mit dir", sagte sie mit selbstbewusster Stimme, „doch weiß ich nicht, was es in unserer Sache noch zu besprechen gibt. Für mich ist alles sonnenklar!" Wir vereinbarten, uns um sieben Uhr abends vor dem Café „Promenade" zu treffen.

Sara kam auf ihrem Fahrrad, einem alten, weißen Modell mit einem seltsamen Gepäckkorb hinter dem Sitz. Sie stieg ab und küsste mich wie selbstverständlich. Ich nahm ihre Hand und blickte tief in ihre stählernen Augen. Dabei pochte mein Herz wie wild und ich bemerkte, wie verliebt ich immer noch in diese Frau war. „Sara, es gilt für mich, eine Erklärung zu erhalten“, waren meine ersten Worte. „Erinnere dich daran, als wir uns kennen gelernt haben. Du wusstest gar nicht, wo dir der Kopf stand, warst so verliebt in mich, dass es sogar deine Kollegen in deiner Arbeitsstelle bemerkt haben. Heute soll alles nichts mehr wert sein, wie kommt das?“ Sara antwortete mit starker Stimme, wie ich es ansonsten von mir gewohnt war: „Es stimmt, wir sind eine Zeit lang parallel nebenher gegangen, doch schon bald habe ich die Schritte zurück gesetzt. Mich haben einige Kleinigkeiten an dir gestört, und das war letztendlich auch der Grund für meine Entscheidung!“ „Ich bitte dich um Erläuterung dieser so genannten Kleinigkeiten“, entgegnete ich stürmisch. „Mir hast du davon berichtet, was alles in der Beziehung mit Manfred nicht gepasst hat, und nun sprichst du von Kleinigkeiten?“ Sie senkte den Kopf und blickte zu Boden. „… und dann bist du wieder zu ihm zurückgekehrt!“ Sara fuhr hoch. „Wer hat denn das erzählt?“ fragte sie erbost. „Davon kann keine Rede sein, ich habe mich ein paar Mal mit ihm verabredet, doch ein Aufleben der Beziehung mit Manfred kommt für mich überhaupt nicht in Frage!“

Ich kam mir in diesen Momenten vor wie der schäbigste und räudigste Köter auf Gottes Erden. Sara hatte mir einst geschworen, immer offen und ehrlich sein zu wollen, und ich musste ihr wohl oder übel glauben, was sie da von sich gab. „Bitte, verzeihe mir, mein Holci!“ sagte ich und strich ihr über die Wange. „Ich war bereits derart von Sorge um dich zerfressen, dass ich an nichts anderes denken konnte, als an deine Rückkehr zu Manfred Prock!“ Sara schüttelte ungläubig den Kopf.

Wir gingen noch ein Stück des Weges, dann verabschiedeten wir uns zärtlich voneinander. „Was auch immer passieren mag“, sagte ich, „du wirst mein Holci bleiben, und welche Frau auch immer mein Kind austragen wird, eine Leona wird es nicht geben, denn das ist der Name, der für unser Baby vorgesehen war!“ Wir trennten uns und in mir stieg erneut die Hoffnung hoch, dass es doch nicht ganz zu Ende war mit Sara und mir.

Am Dienstag, den 19. Mai, traf ich mich abends mit meinem Freund František im Stadtteil Kosire, wo er mir ein Abendlokal zeigen wollte, das üblicherweise nicht von Nazi-Schergen besucht wurde und wo man ungestört sprechen konnte. Es war ein recht gemütliches Café, eines aus den alten Tagen mit langer Tradition. Ich erzählte meinem Freund von der letzten Begegnung und er mahnte wieder einmal zur Vorsicht: „Glaube ihr kein Wort! Sie ist eine verlogene, kleine Hure, das habe ich dir bereits vor drei Monaten gesagt, und eines weiß ich gewiss: Sie ist wieder bei ihm!“ Ich war restlos geblendet von dieser Frau und gab zur Antwort: „Sie hat mir einmal geschworen, immer die Wahrheit sagen zu wollen, und bis jetzt hatte ich kaum

Zweifel daran.“ Selbstredend war es öfters vorgekommen, dass ich ihr nicht glauben konnte, doch ich wollte die Realität nicht wahrhaben. In meiner Traumwelt war es unvorstellbar, dass Sara Maria Strommer lügen könnte.

Nach zwei Stunden beschlossen wir, uns ein wenig die Füße zu vertreten. Ich hatte am Nachmittag meinen Wagen zur Reparatur gegeben, war daher ohnehin auf meine Sohlen angewiesen. Wir gingen die Dubrovnická entlang und querten die Fabianova. Schräg gegenüber vom Eingang in die gepflasterte Gasse lag das Haus mit der Nummer 4. Ich erinnerte mich, dass mir Sara einmal davon erzählt hatte, ihr Manfred würde dort wohnen. Unweigerlich fiel mein Blick in das Dunkel der Gasse, und was ich dort sah, trieb eine Speerspitze in mein Herz. Direkt vor dem Haus lehnte Saras unverkennbares Fahrrad, und es war bereits derart spät, dass keine Frau in ganz Prag mehr ein Haus verlassen würde. Ich behielt die Entdeckung für mich, denn mein Freund František hätte mich ob meiner Gutgläubigkeit in der Luft zerrissen. Sara Strommer hatte also doch gelogen!

Ich spürte in keiner Faser meines Körpers einen Funken Eifersucht, es war lediglich die große Enttäuschung, dass jene Frau, der man seine Liebe zu Füßen gelegt hatte, sich letztendlich doch als miese Hure entpuppte. Die Welt stand plötzlich still um mich, ich spürte keinen Windhauch und fühlte mich nur ausgebrannt. Dem Verhalten dieser geisteskranken Pädagogin konnte kein gesunder Geist folgen. Ich wusste mit einem Mal, dass ich Saras Gedankengänge in einer Stufe ansiedeln konnte, die weit unter meinem

Niveau lag. Ich wollte sie zur Rede stellen, so viel war mir klar geworden, und ich würde sie am nächsten Tag anrufen.

Die ganze Nacht über machte ich kaum ein Auge zu, zu tief saß der Schmerz nach dieser leidvollen Erfahrung. Ich hatte Sara alles gegeben und es war auch von ihrer Seite sehr viel an Zuneigung zurückgeflossen. Zu meinem Bedauern musste ich mir eingestehen, mit den Praktiken eines Manfred Prock nicht mithalten zu können, denn in welcher Form auch immer er sie zurückgewonnen hatte, durch List, Furcht oder Drohung mit dem Entzug abartiger Spiele, es war nicht der Stil eines Karel Moretti, sich in den Instinkt niederer Tiere hineinzudenken, um einen Kleingeist wie Sara Maria Strommer bei der Stange zu halten.

Ich saß bereits in meiner Kanzlei, als ich mein Holci an ihrer Dienststelle anrief. „Wenn du mich schon belügst", begann ich, „dann lass nicht dein Fahrrad so offensichtlich vor dem Haus Fabianova 4 stehen!" Ich hörte ein Schlucken am anderen Ende der Leitung, dann hatte sie sich aber schnell gefasst. „Mein Leben geht dich zwar nichts mehr an, doch falls es dich interessiert: Ich bin seit zwei Wochen wieder mit Manfred zusammen!" Sie erzählte mir keine Neuigkeiten, sondern bestätigte lediglich meinen Verdacht. „Das Maß der Lüge ist die Lüge ohne Maß!" zitierte ich einen ihrer bevorzugten Verse in etwas modifizierter Form, und dann kam der Kernsatz der ganzen, unglaublichen Geschichte, jene Worte, die mich Jahre später veranlassten, das schmutzige Verhalten der gefühlskalten Pädagogin niederzuschreiben: „Ich weiß, dass ich dich belogen habe, doch das hat heute keinen Wert mehr für mich!"

Ich war fassungslos wie eine zu Boden geworfene Glühbirne. Dieser Satz war die niederschmetterndste Aussage, die jemals ein Mensch in meiner Gegenwart losgeworden ist. Eine Frau mit einem infantilen Geist und dem Körper eines Knaben wagte es, mir Derartiges an den Kopf zu werfen. „Ich wäre neugierig zu wissen, wie viel dein Manfred von unserer Liaison eigentlich weiß!" sagte ich. Ich merkte förmlich den Verlust ihrer Gesichtsfarbe. „Denkst du ernsthaft, ich hätte es ihm nicht erzählt?" stotterte sie wie bei unserer ersten Begegnung. „Lass Manfred und mich in Ruhe ...!" Dann legte sie den Hörer auf.

Wer hätte sich das gedacht? Ich hatte Sara Maria Strommer als einen ehrlichen und ehrbaren Menschen kennengelernt, ich hatte mich in diesen Menschen verliebt und augenblicklich war er mir derart fremd geworden, dass ich nichts mehr für ihn empfand.

Ich wollte Sara Strommer ab nun für keine Angelegenheit mehr im Worte stehen und einem Ehrenmann wie mir wurde unweigerlich bewusst, dass ein derartiges Verhalten nicht ungesühnt in die Geschichte der Welt eingehen durfte. Glaubte man den Aussagen der Bibel, so würde jeder für seine Taten eines Tages bezahlen. Ich wollte meinem Holci die lange Wartezeit bis zum Jüngsten Gericht etwas verkürzen und sinnierte nach einer Möglichkeit, effizient einen pädagogischen Akt zu setzen, gleich einem Kleinkind den Gebrauch von Schwefelhölzern zu erklären.

Es waren keine archaischen Rachegedanken, die ich ersann, ich gedachte lediglich ausgleichende Gerechtigkeit zu üben, das Pendel in die andere Richtung schwingen zu lassen, ein physikalisches Gleichgewicht herzustellen, konform der Lehre von Aktion und Reaktion. Ich sah mich bereits als Gesandter der griechischen Göttin der Gerechtigkeit, in der rechten Hand das Schwert und in der linken die Waage.

Gegen Mittag schlug das Telefon in meiner Kanzlei an. Da meine Sekretärin bereits in der Pause war, hob ich den Hörer ab. „Hier ist Alma Strommer", fauchte eine Stimme in die Muschel, und ehe mir bewusst wurde, dass es sich um Saras Mutter handelte, setzte diese fort. „Lassen Sie meine Tochter in Ruhe, sie will von Ihnen nichts mehr wissen! Haben Sie nicht verstanden, dass es zwischen Ihnen aus ist? Wir können es nicht dulden, dass Sie ihr wie ein Spion hinterher stellen!"

Ich wusste von meiner Tätigkeit im Crupic-Heim, dass man geistig Behinderte stets ausreden lassen musste, denn nur so konnte man ihre Zurückgebliebenheit therapeutisch ausgleichen. Mir fehlten jedoch aus anderen Motiven die Worte, weniger aus dem Grund der Vorwürfe als vielmehr des Umstandes wegen, dass eine dreißigjährige Frau ihre Mutter an die Front entsandte. Ich war gewillt zu fragen, was die Angelegenheit sie anging, doch meine Höflichkeit und die gute Kinderstube geboten nicht die entsprechend wohlgefällige Entgegnung. Es entbrannte zu meinem Bedauern ein kleines Streitgespräch. Ich versuchte Frau Strommer klar zu machen, was die Lügen ihrer Tochter bewirkt hatten, und dass ich nicht intendierte, das kleine Miststück länger zu inkommodieren. Die Entgegnungen waren stets die gleichen Worte, und Alma Strommers Ausdrucksweise legte nicht nur ein Zeugnis ihrer Herkunft ab, sondern gab auch der Theorie vom Apfel und dem Baum neuen Saft.

Mir war der Umgang schon nach wenigen Minuten zuwider. Aus welchem Grund sollte ich meine kostbare Zeit verschwenden, die ich mir für gewöhnlich mit 90 Reichsmark die Stunde abgelten ließ? Ich brachte das Telefonat zu einem raschen Ende, versicherte der aufgeregten Mutter, ihre Tochter künftig in Ruhe zu lassen und nicht in den Elendszustand der Beziehung mit Manfred Prock einzuwirken.

Sara Maria Strommer hatte mich seelisch ermordet, doch ich spürte das Katzenleben in mir. Ich hatte die Liebe zu meinem Holci zurückgelassen, denn wer meine Zuneigung mit Füßen trat und mit Lügen garnierte, der konnte nichts Gutes mehr von mir erwarten. Meine Truppen würden zurückschlagen gleich der deutschen Armee nach dem polnischen Angriff auf den Sender Gleiwitz[15]. Sara Maria Strommer hatte es innerhalb kurzer Zeit geschafft, in meiner persönlichen Abschussliste auf den ersten Platz vorzustoßen, und sie sollte schon bald Gelegenheit haben zu zeigen, wie stark sie wirklich war und was sie auszuhalten vermochte.

Ich rief am nächsten Tag Clarissa Iron an und berichtete ihr von den Vorfällen der vergangenen Tage. Ungläubig sagte

---

[15] Erst zu einem späteren Zeitpunkt war zu erfahren, dass es sich um einen propagandistischen Vorwand Adolf Hitlers gehandelt hatte, um den Zweiten Weltkrieg zu entfesseln. Bereits am 10. August 1939 hatte der damalige Chef der Sicherheitspolizei und des SD Reinhard Heydrich den Befehl erlassen, eine Aggression vorzutäuschen.

sie immer wieder „... das gibt es nicht ...“, doch was ich ihr erzählte war die pure Wahrheit. Clarissa redete mir gut zu und sie wusste, welch anständiger und feiner Kerl ich war. „Wenn Sara nicht erkennt, was sie an dir hat, dann vergiss sie am besten! Sie ist es in keiner Weise wert!“ Ich verstand die Worte nur zu gut, sie spiegelten jene Gedanken wider, die mich ohnehin schon seit Tagen beschäftigt hatten. Eines stand für mich fest: Die Wechselbäder der Gefühle waren nicht mehr präsent.

Am Pfingstmontag war ich für mehrere Stunden mit meinem Pferd unterwegs. Wir unternahmen einen wunderbaren Ausritt und ich kam gegen sechs Uhr abends in den Stall zurück. Welch Überraschung für mich, als plötzlich meine langjährige Freundin Elika Mintic vor mir stand. „Ich habe mir gedacht, dass du die Gelegenheit des wunderbaren Tages nicht auslässt“, begann sie. „Das Wetter war doch ideal für eine Runde mit dem Pferd.“ Ich stieg von meinem Wallach und küsste Elika auf die Wange. „Welcher Zufall treibt dich in diese staubige Ecke?“ fragte ich, denn ich konnte es nicht glauben, dass sie eigens wegen mir gekommen war. „Ich wollte dich einfach einmal wiedersehen und dich nach deinem Wohlbefinden fragen!“ antwortete sie mir.

Ich kannte Elika noch aus Studienzeiten, und obgleich sie den Lehren der Medizin nachgegangen war, hatten wir uns oftmals getroffen oder gemeinsam etwas unternommen. Mir tat es wahnsinnig leid, sie nach der Zeit auf der Universität ein wenig aus den Augen verloren zu haben, dennoch zählte sie nach wie vor zu meinen engsten Freunden.

Nachdem ich mein Pferd abgesattelt und trocken gerieben hatte, das Zaumzeug und der Sattel am rechten Platz waren, verließen wir das Gelände und gingen ein Stück stadtauswärts, um bei einem kleinen Gasthaus eine Brotzeit einzunehmen.

Elika war eine zierliche Person, sehr schlank und sie hatte ein ausgesprochen hübsches Gesicht. Sie war eine der wenigen Frauen, die gerne Bier tranken, das verwunderte mich immer wieder. So bestellten wir erst, diskutierten dann allgemeine Belange, nach und nach kamen wir auf mein Liebesleben zu sprechen. Ich erzählte Elika in groben Zügen von den Ungebührlichkeiten, die mir widerfahren waren, und sie staunte nicht schlecht über den Ausgang der Geschichte. Da sie als Ärztin am Krankenhaus in Prag arbeitete, erkundigte sie sich beiläufig nach dem Namen des protagonistischen Pädagogen. Ich nannte ihr den Namen Manfred Prock, und Elika wurde umgehend gleich einer am Veitstanz leidenden Person von einem wilden Lachkrampf geschüttelt. „Um den dreht sich alles?" japste sie zwischenzeitig hervor, und als sie sich endlich beruhigt hatte, lauschte ich ihrem äußerst aufschlussreichen Monolog. „Ich kenne Manfred Prock schon seit vielen Jahren, und es gibt keinen außergewöhnlicheren Menschen als ihn. Er ist groß gewachsen, dünn wie eine Bohnenstange, hat ein hässliches Gesicht und struppiges, ungewaschenes Haar. Er wirkt überhaupt sehr ungepflegt. Zudem ist er ein Einzelgänger wie aus dem Bilderbuch, spricht sehr leise und hält andauernd den Kopf geneigt. Von sich selbst ist er sehr eingenommen und hinter jedem Rock her. Zudem habe ich ihn in den letzten Jahren öfters einmal im Freibad in verschiedenster Damenbegleitung erblickt. Nein, Karel, da ist es fehl am Platze, einer Frau wie Sara eine Träne nachzuweinen! Wer zu einem Manfred Prock zurückkehrt, nachdem er deine Liebe bereits gespürt hat, der ist nicht ernst zu nehmen! Beati pauperes spiritu[16]!"

Elikas Zitat sprach mir aus der Seele, denn die größten Vorwürfe hatte ich mir lange deswegen gemacht, ein gänzlich falsches Verhalten an den Tag gelegt zu haben. Sara benötigte die Peitsche und je mehr man sie schlug, desto anhänglicher wurde sie. Mir fehlte zwar das biologische Verständnis für die Verhaltensforschung eines Hundes, doch sollten je in einem Untersuchungslabor die Versuchsobjekte zur Neige gegangen sein, Sara Maria Strommer hätte mit Sicherheit ein ebenbürtiges Probeexemplar abgegeben.

„Deine Meinung als Frau würde mich interessieren", unterbrach ich meine Freundin. „Ist Manfred Prock derart unterwürfig und ehrlos, dass er eine Frau, die ihn betrogen hat, so ohne weiteres wieder aufnimmt?" Elika schüttelte den Kopf. „Wie ich die Lage einschätze, hat es zwischen den beiden niemals einen endgültigen Schlussstrich gegeben und Sara ließ die Herdplatte zumindest auf kleiner Flamme brennen. Als ihr dann einsichtig geworden ist, dass sie ihren Herrn benötigt wie die Luft zum Atmen, wird sie sich die Seele aus dem Leib gelogen haben, um ihre erbärmliche Haut zu retten. Es ist unglaublich, dass ein Manfred Prock die Wahrheit dulden könnte, viel mehr als

[16] lat. „Selig sind die Armen im Geiste"

ein bis zwei Küsse zwischen ihr und dir wird sie ihm kaum eingestanden haben. Du darfst mir glauben, Frauen wie Sara Strommer gehen in diesen Situationen über Leichen, haben ein Rückgrat wie ein Aal und vergessen alle Formen von Moral und Ehrgefühl, um eine vollendete Restitution zu erhalten. In den Augen Manfreds bist du höchstens ein Kurzzeitrivale, der einem seiner Mädchen erfolglos den Hof gemacht hat. Zudem darf man nicht vergessen, dass Sara bei einem Mann wie dir immer Angst haben musste, eines Tages verlassen zu werden. Wie du selbst gesagt hast, war sie nicht dein Idealtyp von Frau, und nachdem dich das weibliche Geschlecht umkreist wie die Motten das Licht, hätte sie einen schweren Stand gehabt und immerzu unter Verlustängsten gelitten. Bei Manfred Prock ist das nicht gegeben, denn eine rational denkende und liebende Frau wendet sich nicht an einen Quasimodo. Nachdem er ohnehin andauernd auswärts speist, stellt Sara für ihn eine von mehreren Spielgefährtinnen dar, die er jedoch sicherlich nie ehelichen wird."

Elika sprach mit meinen Worten, denn besser hätte ich es nicht formulieren können. Ich war in meinem Leben oftmals darauf gestoßen, dass Frauen bessere Schauspieler waren als Männer, doch wie schnell man eine Phase seines Lebens zur Seite schieben konnte, verblüffte mich immer wieder. Ich erinnerte mich an die Worte von Sara in einem Brief vom März:

Wenn du irgendwann in deinem Leben dahinter kommst, dass du in einer Ecke deines Herzens noch an mich denkst, auch wenn du mich jetzt in dir sterben lässt, dann gehe davon aus, dass auch du noch in meinem Herzen sein wirst. Das mit dem Sterben funktioniert bei mir nicht, ich will es auch nicht.

Frauen waren gekonnte Lügner, und ich war mir sicher, dass Sara mich aus ihrem Herzen verbannt hatte, noch bevor Manfred nach unserer Rückkehr aus Barcelona in sie eingedrungen war.

Elika und ich tranken aus und gingen zum Reitstall zurück. Ich ließ mir ein Taxi rufen, denn mein Wagen stand noch immer bei der Reparatur. Meine Freundin fuhr ein Stück des Weges mit mir, vor ihrer Wohnung entließ ich sie und bedankte mich für den netten und aufschlussreichen Abend. Als ich alleine im Fond saß, konnte ich es mir nicht verkneifen, ein wenig in mich hineinzulachen. Wie sich die Situation mir darbot, hatte eine zur Geldstrafe Verurteilte den Kerker gewählt. Ich vergönnte meinem Holci einen Mann wie Manfred Prock von Herzen, und von nun an würde ich wieder frisch und kregel meinem Tagewerk nachgehen und nicht mehr an den weiblichen Butt namens Sara Strommer denken.

27. Mai 1942, 10.50 Uhr – ich saß in meiner Kanzlei und brütete über einem schwierigen Akt. Ich sollte einem unglücklichen Landsmann, der mit gefälschten Bezugsscheinen Lebensmittel zu erwerben versucht hatte, den Gang ins Gefängnis ersparen. Seit der Einführung der „Verordnung über Strafen und Strafverfahren bei Zuwiderhandlungen gegen Vorschriften auf dem Gebiet der Bewirtschaftung bezugsbeschränkter Erzeugnisse“ im April 1940 war die

unbefugte Dezimierung des Nahrungsmittelbestandes des Volkes unter empfindliche Strafen gestellt worden.

Plötzlich stürmte ein Nachbar in meine Kanzlei und rief schon von der Eingangstüre: „Heydrich ist tot!" Ich fuhr auf. „Der Stellvertretende Reichsprotektor? Tot?" Ich glaubte kein Wort. „Ja, es stimmt", konnte sich der Mann nicht beruhigen, „unten an der Kirchmayerstraße ist es geschehen. Ein Attentat ...!" Er fuchtelte wild durch die Gegend, und ehe ich begriffen hatte, welche Konsequenzen der Tod Heydrichs für meine geliebte Heimatstadt habe würde, war der Nachbar wieder verschwunden, um seine Neuigkeiten anderorts zu verbreiten.

Prag stand still. Ich blickte aus dem Fenster und obgleich noch kein Windhauch zu spüren war, roch ich das aufkommende Gewitter. Das würde die SS nicht so ohne Weiteres hinnehmen. Reinhard Heydrich, der Stellvertretende Reichsprotektor für Böhmen und Mähren, der wahre Herrscher im Lande, war nicht mehr. Ich konnte es nicht glauben. Der Mann, der den Terror im Protektorat erst groß werden ließ, stand nun bereits vor seinem Schöpfer[17].

In der Nacht vom 27. zum 28. Mai wurde im Auftrag der Staatspolizeileitstelle Prag eine Großrazzia durchgeführt, bei der insgesamt 4.500 Mann der Sicherheitspolizei, der Waffen-SS, der NSKK-Ordnungspolizei und der

[17] In Wahrheit war Heydrich nicht unmittelbar während des Attentats ums Leben gekommen, vielmehr ist er mit einer blutenden Wunde auf der linken Seite, in der Gegend des achten bis zehnten Brustkorbwirbels, in das Krankenhaus Bulovka eingeliefert worden und verstarb erst nach erfolgloser Operation am 4. Juni 1942 an einer Sepsis.

Protektoratspolizei sowie drei Regimenter der Wehrmacht zum Einsatz kamen. So konnte die Stadt hermetisch abgeriegelt und überwacht werden, um die Durchsuchung von Wohnungen zu ermöglichen. Von den Tätern fehlte jede Spur.

Insgesamt wurden in dieser Nacht etwa 540 Personen vorgeführt, die meisten jedoch nach Überprüfung der Personalien wieder entlassen. Die Razzia brachte keinen durchschlagenden Erfolg, doch war zu erkennen, dass das illustre Leben in Prag vorerst ein Ende gefunden hatte. Ich bat am nächsten Tag einen Freund zu mir, der am Schwarzmarkt mit Waffen handelte, und ersuchte ihn um Beschaffung einer kleinen Armeepistole. Es konnte leicht sein, dass ein Konkurrent oder ein mir nicht wohlgesonnener Klient den allgemeinen Aufbruch nutzen würde, um mich als Spion der Untergrundbewegung bei der SS anzuzeigen oder gleich deren Aufgabe erledigte. In diesem Fall war Vorsicht besser denn Nachsicht. Am Nachmittag wurde mir die bestellte Pistole persönlich zugestellt, und erst als ich sie im Inneren meiner Jackentasche versenkt hatte, fühlte ich mich wieder frei und sicher.

Die Untersuchungen der SS liefen auf Hochtouren. Selbst meine Person war in das Fadenkreuz der Ermittlungen gerückt, nicht zuletzt aufgrund eines Leumundsschreibens für eine mir wohlbekannte Pädagogin, die seit dem 27. Mai nicht mehr an ihrer Dienststelle erschienen war. Ich konnte mir keinen Reim darauf machen, und dass Sara Strommer Mitglied einer Untergrundorganisation war, erschien mir etwas weit hergeholt, denn zu organisatorischen Planungen reichte ihr Verstand keineswegs und für die Durchführung von groben Aufgaben schätzte ich ihren Mut als nicht ausreichend ein.

Ich durfte mehrmals Rede und Antwort stehen, doch immer kamen die Schwarzmäntel in meine Kanzlei, kein einziges Mal musste ich bei der Behörde selbst vorsprechen. Mein wohlerworbener Status hatte noch seine Wirkung, und obgleich ich allen Grund hatte, mich bei Sara Maria Strommer für ihre schmutzigen Taten zu revanchieren, blieb ich meiner Advokatenehre treu und verteidigte meine Mandantin gegen alle Vorwürfe.

Am Montag, 8. Juni 1942, zwei Tage, bevor das Dörfchen Lidice für das geradestehen musste, was eine Handvoll Männer vollbracht hatte, saß ich spätabends in meiner Kanzlei und wollte eben das Kontor schließen. Plötzlich spürte ich einen leisen Windhauch, blickte von meinen Akten auf und sah Sara Strommer im Eingang zu meinem Zimmer stehen. Sie sah fürchterlich aus, war total zerzaust und schmutzig im Gesicht, zudem völlig außer Atem. Das Blut stockte in meinen Adern, und Sara flüsterte völlig entkräftet: „Bitte, Karel, … hilf mir! Sie sind … hinter mir her.“ Ich fuhr aus meinem Sessel hoch und ging auf sie zu. Es war ein erbärmlicher Anblick. „Sara, was ist geschehen?“ fragte ich voll Sorge. Mit einem Male waren alle Gedanken an das Vergangene vergessen und ich drückte sie an mich, obgleich sie mit ihren schmutzigen Lumpen meinen feinen Seidenanzug verwüstete. „Karel“, weinte sie beinahe, „die Gestapo sucht mich …!“ Ich schob sie von mir weg und blickte in ihre Augen. Ungläubig fragte ich: „Bist du etwa verwickelt in das Attentat auf …?" „… Heydrich!" ergänzte sie. „Ja, es war von langer Hand vorbereitet worden. Nun sind sie mir auf den Fersen, und ich kann nirgendwo hin. Bitte, hilf mir hier heraus!"

Ich war wieder einmal fassungslos. Mein Holci war tatsächlich eine Widerständlerin, die offensichtlich alles daran setzte, die deutsche Herrschaft abzuschütteln. Ich war versucht zu fragen, wo in dieser Situation ihr geliebter Manfred war, doch konnte ich diesen Satz hinunterschlucken. Meine Mannesehre gebot es mir, Sara Strommer umgehend Hilfe zu gewähren. „Karel, bitte bring mich aus Prag hinaus!" flehte sie mich an. „Keine Sorge, Holci, in weniger als zwei Stunden sind wir der SS entkommen!" Ich setzte auf meinen Status als Rechtsanwalt, als angesehene Persönlichkeit der Prager Kreise, auf meine Wortgewandtheit und nicht zuletzt auf meine kleine Armeepistole, die ich seit dem 28. Mai ständig bei mir trug.

Ich nahm Sara bei der Hand. Wir gingen das Stiegenhaus hinunter, dann öffnete ich vorsichtig die Eingangspforte. Ein Blick in alle Richtungen verriet mir keine Gefahr, und wir liefen vorerst Seite an Seite die Trojanova entlang.

Das Glück war uns hold, denn der Mond wurde von dicken Wolken verhüllt, dennoch schlichen wir immer wieder den Häuserwänden entlang wie zwei Katzen. Die Stadt schlief, und seit Verhängung der verschärften Ausgangssperre waren um diese Uhrzeit nur mehr Selbstmörder auf der Strasse. Jede kleinen Bewegung, jedes Geräusch veranlasste uns zur besonderen Vorsicht, und wir drückten uns in Nischen oder Hauseingänge, denn wenn uns die Gestapo jetzt erwischte, dann hatten wir schweren Erklärungsbedarf. Ich wusste es zwar nicht, doch nahm ich an, dass Sara keinen gültigen Ausweis bei sich führte – eine Freikarte in die Untersuchungshaft.

Die Stille in den Gassen war gespenstisch, doch nach weniger als einer halben Stunde hatten wir das Moldauufer an einer passenden Stelle erreicht. Nahe des Brückenpfeilers der Jiráskuv most ruhten wir ein wenig zwischen alten Holzlagen. Es fiel kein Wort, denn selbst ein Flüstern konnte gehört werden, und ich wollte nichts riskieren. Als wir nach wenigen Minuten weiterschlichen, fuhr ein Motorboot die Moldau herunter, und wir drückten uns erneut gegen die angrenzende Kaimauer.

Der Lärm des Bootes war kaum verhallt, als ich eine zischende und scharfe Stimme vernahm. „Sara!" durchschnitt es die Nacht, dann leuchtete eine Taschenlampe auf mein Gesicht. Sara schob ich hinter mich, so dass mein Körper dem ihren Schutz bot, und ich fragte mit klarer Stimme: „Wer sind Sie? Was ist Ihr Begehr?" Ich konnte den Mann nur schemenhaft erkennen, denn der Schein der Taschenlampe war übermächtig. „Ich danke Ihnen, mein Herr", höhnte der Illuminierende, „doch nun wird es Zeit, dass Sie mir zurückgeben, was nicht Ihres ist!" Ich verstand kein Wort und vermutete zu Recht einen erbosten Mandanten. Die Szenerie war denkbar schlecht für eine Vendetta aufgrund eines unglücklich ausgegangenen Gerichtsverfahrens, doch dann antwortete Sara, und plötzlich ging mir ein Licht auf. „Er hat mich bis hierhergebracht,

Manfred! Er soll uns beiden helfen, hier herauszukommen!"

Nun stand ich jenem Mann gegenüber, mit dem ich einige Zeit die Frau hinter mir geteilt hatte. Wieder einmal war es Sara Strommer gelungen, meine Gutmütigkeit und Hilfsbereitschaft auszunützen, denn sie wollte den Freifahrtsschein keineswegs nur für sich, sondern auch für den Befriediger ihrer Fleischeslust.

Sara riss sich von mir los und rannte dem Taschenlampenlicht entgegen. Ich stand da wie ein begossener Pudel, ausgebrannt und enttäuscht, verärgert über mich selbst, dass ich auf einen derart billigen Trick hereingefallen war. Eine Frau wie Sara Strommer würde sich niemals ändern, sie war eine kleine, verlogene Hure, doch diese Erkenntnis besserte nichts an meinem augenblicklichen Zustand. Treu bis in den Tod, durchfuhr es meinen Kopf.

Ich vermutete neben der Taschenlampe eine Faustfeuerwaffe, und ehe ich es dachte, sagte Manfred Prock: „Vorwärts, Herr Rechtsanwalt! Sie werden uns hier herausführen, sonst sterben Sie an einer Bleivergiftung!" Welch gewählte Ausdrucksweise und gelungene Metapher. Ich dachte an meine Pistole im Inneren der Jackentasche, doch bis ich diese zum Vorschein gebracht haben würde, sah ich wahrscheinlich bereits aus wie ein Teesieb.

Dennoch wollte ich gerade in diesen Minuten nicht den feigen Mann markieren und provozierte Manfred Prock: „Keinen Schritt werde ich machen. Verabschieden Sie sich lieber von dieser Welt, denn Sie leben nur mehr wenige Sekunden ..." Ich schloss ein wenig die Augen, denn jeden Moment erwartete ich das Züngeln eines Mündungsfeuers, als uns plötzlich eine Stimme oberhalb der Kaimauer anrief: „Stehen bleiben! Hände hoch und auf den Boden!“ Noch nie zuvor hatte ich mich über das Erscheinen der Polizei derart gefreut wie an diesem Abend, und ich bereitete geistig eine Erklärung vor, als ich mich anschickte, den Anweisungen des Schutzorgans Folge zu leisten. Ich senkte bereits den Blick, da bemerkte ich das Hochfahren des Lichtstrahls. Im selben Moment fiel ein Schuss. Ich nutzte die Verwirrung des Moments, um auf der Stelle loszusprinten. Ich hörte den Aufschrei des getroffenen Polizisten, nach zehn, zwölf Schritten holte mich der Lichtstrahl der Taschenlampe ein, noch ein Schuss, und eine unsichtbare Faust streckte mich vornüber zu Boden. Ich stand auf und spürte meine linke Schulter nicht mehr. Schmerzen durchrasten meinen Körper. Ich lief weiter dem Wasser entlang, wieder ein Knall, meine Beine knickten ein, und ich fiel in den Fluss. Ich vernahm noch das Hacken einer MP-Garbe und einen Aufschrei. Die reißenden Wellen der Moldau umspülten mich. Ich versuchte mit meinem heilgebliebenen Arm Schwimmtempi auszuführen, doch verließen mich allmählich die Kräfte. Der Strom trieb mich abwärts. Mein geliebtes Prag, dachte ich noch, welch unwürdiger Tod, dann verschwanden meine Sinne in der Unendlichkeit des Nichts, während die Moldau ihr Innerstes öffnete und mich aufnahm.

Am 18. Januar 1946 feierte meine kleine Leona ihren ersten Geburtstag und ich freute mich bereits auf eine Feier im engsten Kreise. Beim Bäcker um die Ecke hatte ich eine

Torte anfertigen lassen, diese würde mir direkt ins Haus zugestellt werden.

Prag war nicht wiederzuerkennen, es hatte sich fein herausgeputzt. Die Armee des deutschen Generalfeldmarschalls Schörner hatte am 11. Mai 1945 als letzter Verband nach der Kapitulation des Dritten Reichs ihre Waffen niedergelegt. Meine geliebte Heimatstadt hatte ohne Zerstörung den brutalsten Krieg des Jahrhunderts überstanden. Erst lagen die Hauptstoßrichtungen der Roten Armee nördlich und südlich der Tschechoslowakei, dann hatten über eine Million deutsche Soldaten nach ihre Einkesselung östlich von Prag ohne Vandalenakte kapituliert. Auf den Schlachtfeldern und in den Städten waren 50 Millionen Tote liegen geblieben, und so schmerzhaft der Verlust dieser Menschen auch war, daran dachte in diesen Tagen kaum einer.

Endlich war die freie Marktwirtschaft in das Land zurückgekehrt und es herrschte ein reger Handel ohne Bezugsscheine und andere Beschränkungen. Man konnte beinahe alles erwerben, so man es sich leisten konnte, Südfrüchte, amerikanische Zigaretten, Coca Cola und Tweed aus England. Ich war bereits froh darüber, meine geliebten Powidl-Tascherl in ausreichender Menge konsumieren zu können, obgleich ich in diesen Tagen streng daran war, meine Linie zu halten. In weniger als zwei Monaten wollte ich zum ersten Mal mit meinem Wallach beim tschechischen Staatsturnier im Springreiten teilnehmen, und es stand noch ein hartes Training bevor.

Das Leben war wieder schön geworden, ich spürte trotz

Leona Moretti, Marrakesch 1967

der Jahreszeit die Wärme meiner Umgebung. Ich stand am Hauptfenster in meiner Kanzlei und sah dem bunten Treiben auf der Strasse zu. Es klopfte, und da ich meine treue Sekretärin zum Besorgen von Bürowaren fortgeschickt hatte, übernahm ich das obligate „Herein".

Die Milchglastüre öffnete sich, und eine weibliche Gestalt erschien im Türrahmen. Es war eine Frau um die vierzig Jahre, abgemagert und grau, das Haar war zerzaust, und sie steckte in argen Lumpen. Jedenfalls entsprach sie nicht dem Durchschnitt meiner Klientel, und ich setzte an zu fragen, ob sie sich möglicherweise in der Türe geirrt hatte. „Guten Tag!" Ein Blitzschlag durchzuckte mich, und ich konnte nicht glauben, wen ich da sah. Augenblicklich war ich jenes Moments gewärtig, in dem ich diesem weiblichen

Wesen zum ersten Mal gegenübergestanden hatte. „Ist die Erinnerung an mich noch präsent?" setzte sie fort. Ich zögerte mit meiner Antwort und starrte in ihre hohlen Augen. Sie kam zwei Schritte näher, und sie war mir fremd. „Ich weiß, dass ich schlimm aussehe", fuhr sie fort, „doch in Ravensbrück waren sie nicht gerade zimperlich …"

Sie bemerkte mein Desinteresse an ihrem erlittenen Schicksal. Ich sagte noch immer nichts, folgte lediglich ihrer Gestik. „Bitte! Ich benötige dringend Hilfe!" Glücklicherweise war ich nicht erblindet, denn augenscheinlich musste dieser Frau geholfen werden. Ich war jedoch die falsche Ansprechperson. „Gute Dame!" erwiderte ich. „Sie können sich wahrscheinlich vorstellen, dass ich nach den gemeinsamen Erlebnissen nichts mehr zu sagen habe." Ungläubig blickte sie mich an, und ich fühlte keine Regung in mir. „Ich möchte Sie bitten, meine Räumlichkeiten zu verlassen", ergänzte ich, „oder ist Ihnen die Polizei lieber?"

Ein flehender Blick von ihr, und ich spürte, wie schlimm es ihr im Konzentrationslager ergangen sein musste. Mein Mitleid hielt sich jedoch in Grenzen. Als sie keine Anstalten traf zu gehen, hob ich den Hörer der hausinternen Telefonanlage ab. „Herr Duchazek!" nannte ich den Namen des Hausmeisters, nachdem dieser am anderen Ende abgehoben hatte. „Bestellen Sie bitte den Ordnungsdienst her!" „Etwas Ernstes, Herr Doktor?" erkundigte sich der brave Mann voll Sorge. „Nur eine unliebsame Mandantin, die mein Honorar nicht bezahlen kann und nun anfängt zu randalieren!" gab ich zur Antwort. „Jedenfalls nichts übertrieben Ernstes!" Die ganze Zeit über hatte ich in die

Augen meines weiblichen Gegenübers gesehen, und ich fixierte ihre Nasenspitze. Ihre Blicke durchbohrten mich und wären sie imstande gewesen zu töten, ich hätte nicht mehr derart aufrecht vor ihr gestanden.

Wir wechselten kein Wort mehr, über eine Minute beobachteten wir uns gegenseitig wie zwei lauernde Katzen, dann war auch schon der Ordnungsdienst zur Stelle. Ein Mitglied der neu aufgestellten Volkspolizei stürmte herein und hielt umgehend inne, als er die Ruhe der Situation erkannte. „Ich danke Ihnen für Ihr Kommen!" sagte ich mit fester Stimme. „Bitte nehmen Sie diese Dame mit!" „Haben Sie eine Ahnung, um wen es sich hierbei handelt?" fragte das Ordnungsorgan, indem er mit dem Daumen auf sie zeigte. „Ja, ich kenne diese Frau!" antwortete ich. „Ich will nicht zurück ins Heim …!" fing sie plötzlich an zu schreien und zu toben, lediglich ein gekonnter Sperrgriff des Polizisten verhinderte die Demontage eines Teils meines teuer eingerichteten Beratungszimmers. Ich wandte mich vollends den beiden Personen zu, es war in einer gewissen Weise ein illustres Bild, das sich mir darbot. „Diese Frau war im Jahr 1942 Insassin im Crupic-Heim", sagte ich zum Polizisten. „Sie stand auf meiner persönlichen Betreuungsliste der entmündigten Personen. Eines Tages war sie verschwunden, und mit ihr etwa 5.000 Reichsmark aus meiner Kanzlei. Die Leitung des Heimes mutmaßte, dass sie möglicherweise ums Leben gekommen war. Ich habe später gehört, dass die Deutschen sie ins KZ gebracht hatten. Nun ist sie wieder in Prag, und wie man unschwer erkennen kann, benötigt sie vordringlich psychotherapeutische Unterstützung." Ich suchte den Akt aus meinem metallenen Schrank. „Ah, da ist er ja!" fischte ich die Kartonage aus dem richtigen Fach. „Marlene Grevenstein, geboren am 24. August 1904 in Breslau." „Bitte, tun Sie es nicht!" flehte mich die verwirrte Frau an, und der Polizist versuchte sie zu beruhigen. „Wir wollen ihr Bestes!" erwiderte ich. Das Ordnungsorgan lockerte den Griff und führte die bereits tränende Patientin hinaus. Ich setzte mich an meinen Schreibtisch und verfasste einen Brief an meine Versicherung, denn nach dem Auftauchen und einer erneuten Einweisung meiner Mandantin konnte ich endlich die gestohlene Summe einfordern. Marlene Grevenstein war einst einer meiner schwierigsten Fälle gewesen, und ich räumte ihr erneut keine Chancen ein dass sich die Anstaltstore für sie jemals wieder öffnen würden.

– E N D E –

BUCHTIPP

Herbert-Ernst Neusiedler

WEIHNACHT 1944

Die letzten Kriegsweihnachten

Weihnachten 1944 liegt bei Erscheinen dieses Buches erst 70 Jahre zurück. Das ist ein Zeitraum, der für den Menschen gut überschaubar ist. Und doch ist so viel geschehen seit damals und so vieles hat sich vollkommen verändert. Auch im Leben der Menschen, die diese Zeit selbst mitgemacht und dieses Fest schon bewusst miterlebt haben, war das so.

Einige davon erzählen ihre Erinnerungen, die sich auch mit der Zeit vor oder nach diesen letzten Kriegsweihnachten beschäftigen. Andere Geschichten gibt Herbert-Ernst Neusiedler wieder, wie sie ihm erzählt worden sind. Es sind spannende darunter und interessante, auch tief berührende kommen vor, aber auch komische und ganz schlichte, die nur den Alltag beschreiben, wie er war. Und der war gar nicht einfach.

Ein Buch zum Erinnern. Ein Buch mit Geschichten, aus denen man Lehren ziehen kann. Ein Buch zum Nachdenken und zur Unterhaltung. Ein Buch für Kinder und solche, die noch das Kind von damals in sich tragen, und ein Buch für Erwachsene, welche diese Zeit nicht selbst erlebt haben. Vielleicht ganz besonders für diese.

Vierzehn wahre Kurzgeschichten aus verschiedenen Ländern, erzählt von Menschen verschiedener Herkunft.

Hardcover | 128 Seiten | ISBN: 978-3-902920-15-7

Preis: Euro 23,10

Nähere Informationen unter:

www.verlagshaus-jakomini.at od. Tel.: +43 (316) 82 02 33

VERLAGSHAUS JAKOMINI